三毛猫ホームズは階段を上る

赤川次郎

角川文庫
24166

三毛猫ホームズは階段を上る

目次

プロローグ

しくじりようがないぜ。

――あいつはそう言って笑った。

朝、起きて顔を洗うだろ？　それと同じくらい簡単なことさ。

しかし、世の中には、朝起きて顔を洗おうとしたら、断水だった、ってこともないではないのだ。

むろん、そんな可能性は何万分の一かもしれない。

しかし、たまたまそれに出くわした人間にとっては、可能性百パーセントなのである……

……。

「断水」というわけではなかった。

しかし、まずその朝、電車は事故で遅れていた。

従って、いつも九時二十分には店へ出て来ている老人は、三十分も遅れてやって来た。

いつもなら、そうくたびれているわけではないが、遅れた電車は猛烈に混んでいて、年寄には応《こた》えた。

老人は店の前まで来たが、鍵《かぎ》を開ける前に少し休むことにして、道の向いのコーヒーショップに足を向けたのである。

どうせ、朝っぱらから客など来やしないのだ、と老人は思ったのだ。

「おはよう」

と、店の若い女の子に声をかけ、「いや、電車が事故で遅れてね。ひどい目にあったよ……」

赤い可愛いエプロンをした女の子は、

「まあ、大変でしたね」

と、目をちょっと見開いて言った。

この女の子は、顔立ちも可愛くて、愛想も良く、老人のお気に入りだった。

「ちょっと一息入れないと、店を開けられんよ。コーヒーと……そうだな、あの甘いパンをもらおうか」

「かしこまりました。お席にお持ちします」

「すまんね」

本当なら、自分でトレイを持って席に運んで行くのだが。

老人は、日の当る席に行って、

「よっこらしょ……」

と、座った。

他に何人か客がいたが、どの客もテーブルにパソコンを置いて、何やらせっせと打っている。

今はこんな「仕事」の仕方があるんだな。

老人には理解できなかった。

「お待たせしました」

と、女の子がトレィを運んで来てくれる。

「――ありがとう」

老人は財布を取り出した。

本当なら……。本当なら、こんな「ぜいたく」の許される身じゃないのだが、この女の子の前でケチはしたくなかった。

千円札を取り出すときの、ちょっとしたためらいも、その女の子に、

「どうぞごゆっくり」

と、ひと言言われただけで吹っ飛んでしまうのだった……。

ごゆっくり、と言われた老人が、その言葉通りにゆっくりしていることなど知る由もなく、

「何をグズグズしてやがるんだ……」

と、車のハンドルを苛々《いらいら》と指で叩《たた》きながら呟《つぶや》いた哲二《てつじ》だった。

本当なら、もうとっくに「すべて片付いている」はずだった。

予定が狂う。——それは黄色の信号だ。

しかし、哲二は迷うだけで、思い切ることができなかった。

畜生！　一時間も過ぎてるぞ！

正しくは五十三分だった。

哲二はケータイを取り出した。

「お前の方からは、絶対にかけて来るなよ」

と、念を押されたことを憶《おぼ》えているので、ためらってしまう。

向うからかかって来てくれたら、と思ったが、そううまくはいかなかった。

そのとき、やっと老人がコーヒーショップから出て来て店へと向うのが見えた。

「待たせやがって……」

老人は少しも急がず、店のシャッターの鍵を開けた。古ぼけたシャッターが、耳ざわりな音をたててギシギシと上って行く。

哲二は、薬局で買った大きなマスクをして、サングラスをかけた。これで顔は全く分らないだろう。

哲二は車を降りた。

午前十時になっていても、商店街にはほとんど人の姿がなかった。

開いている店はまだ少ない。今は早くても十一時ごろにならないと開けない店が多いのだ。それに、不景気のあおりで、閉店してしまっている店も目についた。

地方都市でよく言われる、「シャッター通り」というほどではないものの、下町の、昔ながらの商店街は、やはり客足が遠のいている。

この辺で一番早く開くのは、向いのコーヒーショップだろう。チェーン店なので、開けないわけにいかないのだろうが、結構、営業マンらしい男たちが朝早くから利用している……。

前田《まえだ》哲二は、むろん営業マンではない。

ジャンパーのポケットに突っ込んだ手は、拳銃《けんじゅう》を握りしめていた……。

1 親子

「ほら、ちゃんと歩いて」

と、母親は幼い娘に言った。「だめよ、そうフラフラしてちゃ」

手を引いていれば早いのだろうが、最近、娘はもう「一人で歩く」と言って聞かないのだ。

本当に。——重いのを抱っこして歩いたのが、ついこの間のようだ。

「静かね、この辺は」

と、直井《なおい》みすずは言った。

「何が？」

と、娘の愛衣《あい》が言った。

みすずは微笑んで、

「お店がね、ちょっと寂しいわね」

「何が？」

——何でも「何が？」と訊《き》くのが、このところの愛衣の口ぐせだ。

愛衣は今五歳。幼稚園に行っているが、今日は休み。幼稚園の中で、ちょっと手間のかかる工事があるためだ。

「困っちゃうわよね。そんなこと……」

つい一週間ほど前、急に幼稚園から連絡があって、直井みすずは困惑した。

今日は、このところ具合の良くない義母の所へ行かなければならない。

これはもう毎週決めていることで、簡単には日を替えたり、中止したりできないのだ。

みすず自身もパートの仕事をしていて、毎週木曜日は休みにしてある。他の人とのスケジュールもあって、急に「他の日に」というわけにいかないのである。

仕方なく、みすずは愛衣を連れて来た。

本当は一人で行って、義母の身の回りのことを手早く片付けて帰りたいのだが、愛衣が一緒だと、どうしても手間取る。

義母も、孫の愛衣が行けば喜ぶが、その代り、そうすぐには帰したくないので、どうしても帰りが遅くなるのだ。

「——ああ、そうだわ」

みすずは、雑貨店に目をとめて、「ここで売ってるかしら……」

義母が、「買って来て」と言うもののリストを作ると、相当なものになるが、たいていは言ったそばから忘れている。しかし、中にはみずずもあった方がいいと思うものもあり、ちょうど思い出したのである。

「輪ゴムとビニールの紐《ひも》と……」

と呟きながら、店を覗《のぞ》き込む。

大丈夫。開いてるわ。

奥の方に年寄がこっちを向いて立っていて、お客が一人、背中を見せている。

「ママ、何？」

と、愛衣が言った。

「うん、おばあちゃんの所にね、少し買ってくものがあるの」

と、みすずは言った。「すぐすむから」

「愛衣も買う」

「愛衣が面白いようなものはないと思うわよ」

と、みすずは笑った。

でも、愛衣を外で待たせておくわけにはいかない。

みすずは店の入口の戸を押した。

戸に付けられた鈴がチリンチリンと音をたてた。今どき、こんな……。

背を向けていた客が、パッと振り向いた。

サングラスにマスク。——どうしてあんな格好？

みすずは、ふしぎに思いながらも、店の中へ入って、

「あの、輪ゴムあります？　普通の——」

見えていた。その客の手にあるものが。

でも、そんなことが目の前で起るなんて……。これって、本当のこと？

その客は、手にした拳銃を、みすずの方へ向けると、

「声をたてるな！」

と、怒鳴った。「隅へ行って、じっとしてろ！」

愛衣がいる！　——みすずはとっさに、愛衣を抱きかかえて、凍りついた。

「聞こえねえのか！　早くそっちへ行ってろ！」

男は苛々と言った。

みすずは店の隅へ移動しようとして、置いてあったスタンドにつまずいて倒してしまった。

「何してやがる！」

「ごめんなさい！　——ごめんなさい！」

みすずは愛衣を抱きしめて、何度もくり返した。

「おい、爺《じい》さん、早くしろ！」

と、男は老人の方へ向き直った。

老人が、レジの中の金を取り出すと、男が引ったくってポケットへねじ込む。

「おい、爺さん、分ってるんだぜ」

と、男は言った。「その小さな引出しに金が入ってるだろ」

「金なんか……」

「殺されたいのか！」

と、男は銃を突きつけて、「とっとと出さねえか！　そこに三十万入ってるのは、分ってんだ！」

「あんた……誰から聞いたんだね」

と、老人は言った。「この金のことは知らないはずだ……」

「つべこべ言うな！　三十万ぽっちの金で死にたくねえだろ」

「分った。──分った」

老人が足下の戸棚へ身をかがめ、引出しを開ける。

そのとき、異様な空気を察したのか、愛衣が突然泣き出した。

「やかましい！」

と、男が振り向く。「黙らせろ！」

「すみません……。愛衣ちゃん、泣かないで。──ね、泣かないで」

男が老人の方へ向き直ると——。老人が包丁をつかんで、男へ切りつけた。

「ワッ！」

左腕に傷を受けて、男は、「何しやがる！」

と、後ずさった。

「出て行け！」

「畜生！　やりやがったな！」

よろけながら、拳銃《けんじゅう》の引金を引いていた。

弾丸がガラス戸を割った。老人は包丁を振り回した。

「よせ！　殺すぞ！」

「出て行け！　金なんかやるもんか！」

老人は、怖さを忘れたように叫んで、包丁を振り回す。

「やめろ！　何やってる！」

男が包丁をよけようとして手を上げた。

拳銃が発射された。

老人の喉《のど》を弾丸が射抜いた。

みすずは、老人が男にしがみついて、サングラスとマスクを引きはがすのを見た。

若い男の顔が、はっきりと見えた。

老人が血に染って倒れる。

「畜生……。畜生！」

男はうろたえて、店からよろけるように飛び出して行った。

大変だわ。――大変だわ。

どうしよう。どうすればいいの？

直井みすずは、床に倒れた老人の喉の傷から血が溢《あふ》れるように流れ出るのを、呆然《ぼうぜん》として見ていた。

愛衣は泣き続けている。みすずはともかく我が子を抱きかかえて、

「大丈夫。大丈夫よ。もう大丈夫よ……」

と、くり返し言っていた。

すると、向いのコーヒーショップから走り出て来た、赤い制服の女の子が、

「どうしたんですか！」

と、中を覗いて、「まあ！」

入口のガラス戸が、一発目の銃弾で割れたので、何があったのかと見に来たのだろう。

「お客さん！　しっかりして下さい！」

と、その女店員は、体を震わせている老人へ声をかけたが、みすずの目にも、もう老人は死にかけていると見えた。

「救急車を呼びます」

と、赤いエプロンをした女店員は言った。

「鉄声みたいでしたけど」

「ええ……。強盗が……その人を撃って逃げました」

みすずは、やっとそれだけ言った。

「すぐ一一〇番して戻って来ます!」

女店員は自分の店へと駆け戻って行った。

――みすずは、ただ途方にくれて立ちすくんでいたが、愛衣が激しく泣き出したのでハッと我に返った。

「そうだわ……。おばあちゃんの所へ行きましょうね」

みすずは、倒れている老人と、血だまりをよけてこわごわ出口へ近付いて行った。

この老人を助けるとか、警察が来るとか、そんなことはみすずの頭になかった。

ともかく、義母の所へ行くのが遅れたら、夫に何と言われるか。義母にしても、いつも口では、

「どうもありがとう。大変でしょ、無理しなくていいのよ」

と言いながら、息子には毎晩ケータイへかけて、「みすずさんはね……」

と、あれこれ重箱の隅をつつくような文句を並べるのだ。

その不平は、何倍にもなってみすずの上に降りかかって来る。

そう。こんな所で手間取ってはいられない……。

出口の方へ近付いたみすずは、血だまりの中に倒れている老人をチラッと見て、「ごめんなさい」と、心の中で手を合せた。

そのときだった。

老人が、まるで見えない糸で引張られたようにバッと起き上ったのである。みすずは思わず、

「キャッ!」

と、短い悲鳴を上げた。

老人は喉の傷から血を流しながら、

「あいつだ……」

と、かすれた声で言った。「あいつが……」

そしてその後、老人はひと言だけ口にして、バタッとまた仰向けに倒れてしまったのだ……。

みすずはドキドキする胸を手で押えて、鎮まるのを待った。

そして、ともかく愛衣を下ろし、手を引いてそこを立ち去ろうとしたが――。

「大丈夫ですか!」

向いのコーヒーショップの女店員が戻って来て、「あのおじいさん、亡くなったんでし

ようか」

「あ……。たぶん……今しがた」

「一一〇番したから、すぐ来ますよ」

「はあ……」

「ここに立ってても……。じゃ、うちの店へ来て下さい。椅子に座ってればいい」

「でも、私──」

用事があって、と言って、早く失礼しなくては、と思ったが、そのとき、

「どうしたって？」

と、声がして、警官が一人、駆けつけて来た。

「あ、近藤《こんどう》さん！　ここのおじいさんが殺されたのよ！　強盗らしい」

「そうか。──一一〇番した？　じゃ、ともかく待っていよう」

「中を見て来て。──こちらはちょうどお店に居合せた方」

「それは良かった！　目撃者がいたんですね」

と、警官は言った。

「この人はね、駅前交番の近藤さんっていうんです」

と、女店員が言った。

「君のとこの客だった人が知らせてくれてね」

「そう。——ともかく、私のお店で待っていただくわ」

「それがいい。——わあ、ひどいな」

警官が店の中へ入って言った。

「あの、私……」

と、みすずは言いかけたが、

「さあ、どうぞ。お嬢ちゃん、何か飲む？　店でサービスさせていただくわ」

と、女店員に言われ、

「うん」

と、愛衣はさっさと女店員について行ってしまう。

どうしよう？

みすずは、愛衣について、コーヒーショップに入らざるを得なかったのである。

しかし——これで、義母の所へ行くのが、どんどん遅くなってしまう。

みすずの気持は重かった……。

2　刑事

「あ、片山《かたやま》さん」

石津《いしづ》刑事が顔を出した。

「やあ、どうした？」

片山義太郎《よしたろう》は息を弾ませて、「途中、車が渋滞して……。走って来たよ」

「お疲れさまです」

「強盗殺人か？」

「そのようですが、もしかすると、強盗に見せかけた殺しかも」

「というと？」

「見て下さい」

片山は、ガラス戸の割れた雑貨店の中を覗《のぞ》き込んだ。

「喉《のど》を射抜いてるな」

と、血だまりの中で倒れている老人を見て、思わず目をそむけそうになる。

「ええ。ただの強盗にしちゃ、あんな風に撃つって……」

「現金は？」

「レジの中の金は持って行ったようです」

「包丁を持ってるな」

「ええ。わずかですが、刃に血がついています」

「犯人もけがしてるのか」

片山は店の中を見回して、「しかし――どうしてこんな店を狙ったんだ？」

「およそ金なんかなさそうですよね」

「うん……」

片山は、鑑識の人間たちの邪魔にならないように表に出ると、「誰が通報したんだ？」

「向いの店の店員です。目撃者がいるようですよ」

「じゃ、まずその話を聞こう」

片山たちは、向いのコーヒーショップへと向った。

「丘久《おかく》美子《みこ》といいます」

と、その赤いエプロンをしたコーヒーショップの女店員は言った。

「この店は被害がなかったんだね」

と、片山は言った。

「ええ、流れ弾とかが飛び込んで来なくて良かったです」

と、丘久美子は言った。「あのお爺《じい》さんは、よくここへみえてて……。名前は知りませんけど」

「大塚《おおつか》さんというようだよ。大塚秀治《しゅうじ》さん。――今日もここへ？」

「ええ、あの事件の直前に」

「直前というと何時ごろ？」

と、片山が訊《き》いた。

「十時ごろ……。ちょっと前かしら。いつもより遅かったんです。電車が事故で遅れたとかで」

丘久美子から話を聞くと、片山は、

「犯人は店の開くのを待って押し入ってる」

と、石津へ言った。「しかし、店の開くのが今日は遅れたんだ」

「すると――」

「犯人はきっとどこか近くで苛々《いらいら》しながら待ってたんだろう。この辺で聞き込みだ。停めたままの車とかを見ていないか」

「分りました」

石津が急いで出て行った。

「それで、事件を目撃したという人は――」

と、片山は言った。

「あの人です」

と、丘久美子が店の奥で、子供に何か飲ませている母親の方を指さした。

片山が声をかけると、母親はひどくおどおどした様子で小さく頭を下げた。

「直井みすずさんですね。――犯行を目撃されたとか」

「はあ……」

「詳しく話して下さい」

と、片山が椅子にかけて言うと、

「あの……」

と言いかけて、店の時計へ目をやると、「刑事さん。すみませんが、私、急いで行かなきゃいけないんです」

と、早口に言った。

「というと？」

「主人の母の所へ――。もう何時間も遅れてしまってます。すみません、後でゆっくりお話ししますので」

「いや、それは困りますよ」

と、片山は言った。「犯人はまだこの近くにいるかもしれない。少しでも早く手配しなくてはならないんです。これは殺人ですからね。ご協力いただきたいんです。お義母《かあ》さんも分ってくれますよ」

片山の言葉に、直井みすずは、

「あなたに何が分るんですか！」

と、ほとんど叫ぶように言った。

片山が面食らっていると、

「――すみません。私、つい……」

「いや、構いません。じゃ、手早くすませましょう。お店に入ったのは？」

「ちょっと買うものがあって。――もうそのとき、強盗があのお爺さんに銃を突きつけていました」

と、みすずは言った。

「犯人の様子は？」

「サングラスをして、マスクをつけて……」

と言いかけたとき、みすずのバッグでケータイが鳴り出した。「すみません……」

「どうぞ」

「――もしもし。――あなた」

みすずが小声で言った。

「何をグズグズしてるんだ！」

夫の怒鳴り声に、みすずは身を縮めた。

「あの――」

「お袋はもう何時間も待ってるんだぞ！　具合が悪いのに、お前と愛衣が来るからって、わざわざ起きてお菓子を用意してるんだ！　分ってるのか！」

「ごめんなさい。あの――とんでもない事件に出くわして」

「事件だと？　下らない言いわけなんかするな！　お袋から何度も電話が入ってるんだ。『みすずさんは私のところへ来たくないのよ』って泣いてたぞ！」

「すみません。でも――」

「ともかく早く行ってやれ！　分ったな！」

「あなた――」

夫は切ってしまった。

みすずは震える手でケータイをバッグにしまった。

振り向くと、すぐそばに片山刑事が立っている。

「あの……」

「聞こえましたよ。ご主人の声が」

と、片山は言った。「大変なんですね」

「すみません。主人にとっては母親が第一で……」

「すぐ行かないと、またご主人が怒りそうですね。――分りました」

と、片山は肯《うなず》いて、「じゃ、車でそのお義母さんの所へ送ります。車の中で聞かせて下さい」

みすずは、ふっと胸が詰った。この刑事さんが、私に気をつかってくれる……。

と、片山は呼んで、「車を用意してくれ。この人を送る」

「石津！」

「はい」

「すみません」

と、みすずが頭を下げると、

「謝ることなんかありませんよ。あなたは何も謝るようなことはしていない」

と、片山は言った。

「はあ……」

「いつも謝ってばかりいると、本当に何か悪いことをしたような気になって来ますよ」

「すみません」

と、つい言ってしまって、「あ……」

みすずは思わず口を手でふさいだ。

「──その先の角を左へ曲ったところです」

と、みすずは運転している石津に言った。

「近いですね」

車では、ほんの数分だった。

「すると、犯人はサングラスとマスクをしていた、と……。服装は分りました」

片山はメモを取って、「では、あの大塚さんというお年寄が抵抗して争ったので、犯人が引金を引いた、と」

「そう見えました」

「分りました。──ここですか」

「はい。あの──もうよろしいでしょうか」

「本当はもっとゆっくりお話を聞きたいんですが……。また改めてということにしましょう」

「すみません」

みすずは愛衣を抱いて車から降ろした。

「僕が、そのお義母さんに説明しましょう」

と、片山は言った。

「いえ、そこまでしていただいては――」

「いや、気になりますから。さあ。――石津、ちょっと待っててくれ」

大分古びた一軒家である。

みすずは玄関の引き戸の鍵《かぎ》をあけ、ガラッと開けて、

「お義母さん、みすずです。――遅くなってすみません」

と言いながら、娘の手を引いて、中へ入った。

愛衣の靴を脱がせてやると、

「おばあちゃん！」

と、愛衣は奥へ入って行く。

「愛衣、ちょっと待って。――ママも行くから」

みすずが上ろうとすると、義母が目の前に立っていた。

「お義母さん！　起きて大丈夫ですか？」

「自分で起きなきゃ、誰も手伝ってくれないからね。こんな年寄は見捨てられるだけよ」

その老女はジロッと鋭い目で片山を見て、

「あの男は何なの？」

直井ミツ子《こ》というその女、六十八歳ということだったが、片山の目には特にどことい
って具合悪そうに見えなかった。
「あの——刑事さんです。ここまで送って下さって……」
「警察？　どうしてあんたが警察の世話になってるの？」
「待って下さい」
と、片山は言った。「ご説明します。駅前の商店街のお店に強盗が入り、人が殺された
んです。みすずさんがたまたまそこに居合せたので、色々お話を聞かなくてはならず、時
間がかかってしまったんです」
しかし、直井ミツ子は、片山の話をろくに聞いていなかった。
「みすずさん」
と、こわばった表情で嫁をにらむと、「うちではね、これまで警察のご厄介になったよ
うな人間は一人もいないんです。英一《えいいち》があんたを連れて来たとき、私はね、何だかいかが
わしい人だと思ったの。でも、英一が幸せならそれでいい、私が我慢すればすむんだわ、
って自分へ言い聞かせて来たわ」
「お義母さん——」
「言いわけなんか聞きたくないわ！　ああ、可哀そうな英一！　その内、新聞やTVにあ
んたのことが載る日がきっと来るわよ。見てらっしゃい」

ミツ子はまくし立てるように言うと、足早に奥へ入って行ってしまった。

「ママ……。おばあちゃん、どうしたの？」

愛衣が怯《おび》えたように母親の手をつかんでいる。

「何でもないの。ただ、ちょっと具合が悪いだけなのよ。――お台所で待ってなさい」

「うん」

愛衣が行ってしまうと、みすずは目にたまった涙を拭《ふ》いた。

片山はただ唖然《あぜん》として立っていた。

「大変ですね……。こんなこととは思いませんでした」

「すみません」

と、みすずは詫《わ》びた。「もうお帰り下さい。しばらくすれば、きっと義母も……」

「分りました」

片山はため息をついて、「ではこれで。――ケータイへご連絡してもいいですか？」

「はあ。パートに出ているので、できれば午後四時過ぎに……」

「どこでお仕事を？」

「〈Kストア〉の本町《ほんちょう》支店です」

「ご迷惑にならないようにします」

と、片山はメモを取って、「これから、ここで？」

「掃除や洗濯をして、食事の用意も。――主人も今日はこっちへ帰って来ます。義母と夕食をとるというので、残業せずに。私が熱を出して寝込んでいても、『仕事だ』と言って、夜まで飲んで来る人ですが」

「そうですか……。いや、すみませんでした」

みすずは、ちょっと微笑んで、

「刑事さんも、何も悪いことしてないのに、謝ってらっしゃるわ」

と言った。

「本当だ」

と、片山も笑顔で、「では失礼。――笑顔が見られてホッとしました」

「まあ……」

――みすずは、ガラガラと閉じられた玄関の戸を、じっと見ていた。

本当なら、言わなければならなかった。

あのとき、老人は犯人のサングラスとマスクをはぎ取ったのだ。みすずは犯人の顔を見た。

そして、老人は息絶える前に言ったのだ。それも、みすずは聞いた。

でも――でも、これ以上、警察と係ってはいられない。

そうだわ。きっとあの刑事さんが犯人を捕まえてくれる。それですべて終るんだわ。

何も私が余計なことを言わなくても……。

「ママ！　どうしたの？」

愛衣の声がして、ハッと我に返ると、

「今行くわ」

と、みすずは急いで台所へ向った。

3 夜食

「ひどい話ね」

と、片山晴美《はるみ》は思わず顔をしかめて言った。「私なら、そんな家に一日も辛抱していられないわ！　ねえ、ホームズ」

話しかけられた三毛猫は、食事に集中していて、返事はしなかった。

「いや、話には聞くけど、目の前であんな光景を見せられたのは初めてだな」

と、片山義太郎は言って、「おい、もう一杯くれ」

「お茶漬ばっかり食べてちゃ、体力つかないわよ」

「寝る前だぞ。脂っこいもんなんか食えるか」

——片山義太郎と晴美の兄妹《きょうだい》が住むアパートである。

むろん、三毛猫のホームズも同居している。

片山は、今日の強盗殺人の目撃者、直井みすずの身の上を、妹に話さずにいられなかったのだ。

「でも、その亭主もひどいわね。――どうしてまた、そのみすずさんって人、そんな男と結婚したのかしら」

「そこまで聞かなかったな」

「で、犯人は？」

「ああ。――結局、見付かってない。それらしい車が停ってたって話もあるんだが、確かじゃないし、あの辺の店は開くのが遅くて、人通りもほとんどなかった」

「そう……。でも、そんなお金のなさそうなお店に、どうして強盗に入ったのかしら？」

「それが妙だ。犯人は拳銃《けんじゅう》まで持っていた。向いのコーヒーショップなんかの方が、よほど狙いがいがあるだろうに」

「たまたま押し入ったってわけじゃないのね」

「そうじゃない。殺された老人はいつもより一時間遅く店を開けて、それと同時に押し入ってる。やっぱりあの店を狙ったってことだろうな」

「じゃあ、やっぱり初めから目当てのものがあったのよ。お金があると分ってたとか……」

「まあ、色々当ってみないと分らないけどな。――少なくとも、あの店の中に大金はなかった」

「犯人もけがしてるって？」

「ああ、殺された大塚さんが包丁で切りつけたんだ。――どうして知ってる？　発表してないぞ」

「石津さんから聞いたのよ、もちろん」

「石津が……。どこかに隠れてるのか？」

「まさか！」

と、晴美は苦笑して、「先に夕飯食べて帰ってったの。ご飯、炊き直したのよ」

片山も文句を言う気にはなれなかった。

「ああ、やれやれ！　これじゃ夕食じゃなくて夜食だな」

と、食べ終えてゴロリと横になる。

「こら！　牛になるわよ」

と、晴美が古くさいことを言い出した。

「そんなこと言えば、ホームズはとっくに『三毛牛』になってるぜ」

ホームズは、自分の名前が出たのを聞いたのか、ちょっと目を開きかけて大欠伸《おおあくび》をすると、また眠り込んでしまった……。

「どうぞ、お気を付けて！　ありがとうございました！」

タクシーに、すっかり酔っ払った「社長」をやっと乗せると、大声で挨拶《あいさつ》しながら何度も頭を下げる。

タクシーが走り出しても、ずっと見送って頭を下げっ放しだ。――タクシーが遠くまで行って見えなくなるまで、頭を上げられない。

もう大丈夫……。

大塚信吾《しんご》は、息をつくと、

「酔っ払いめ！」

と、吐き捨てるように言った。

店に戻って飲み直したいが、それにはくたびれていた。

早く帰って寝よう……。

「ああ……」

と、伸びをする。

今は接待費もやかましくて、伝票が二度に一度は突っ返されて来る。

「どうしてこんなに高いんだ！」

と、課長に叱られ、

「こんな高い店に行く奴があるか！」

と、部長ににらまれる。

ふざけるな！　――得意先の接待に、その辺の居酒屋なんかに連れて行ったら、それこそ、

「そんな失礼をするな!」

と、怒鳴られるのだ。

「気楽だよ、上役ってのは」

と、口に出して言いながら、大塚信吾は夜道を歩き出した。

少し薄暗い道で、ヒョイと目の前に誰かが飛び出して来て、信吾はびっくりした。

「ワッ!」

「俺だ。俺だよ」

「何だ。哲二か」

と、信吾は大きく息をついて、「びっくりさせるなよ」

「とんでもないことになった。知ってるだろ」

と、哲二は言った。

「ああ。お祖父《じい》さんのことか。警察から連絡があった」

「お前……。簡単にやれるって言ったじゃねえか!」

「おい、でかい声出すな」

と、信吾は前田哲二の肩を叩《たた》いて、「大変だったたな。——おい、けがしてるのか?」

「ああ。あの爺《じい》さん、包丁で切りつけて来たぜ。どうかしてら、全く!」

「年寄は怖いものがないからな。おい、ちょっとその辺で飲むか」

「この傷で？　すぐ目につく」

「馬鹿言え。そんな切り傷くらいで怪しまれるもんか」

と、信吾は笑って、「俺がついてってやる。まず、病院へ行こう」

「ああ……」

哲二も本当は痛くてたまらないのだ。

信吾が付き添って、近くの救急病院へ行き、

「棚を吊《つ》ろうとして、腕を切った」

と、説明し、治療してもらった。

別に何も訊《き》かれず、消毒して包帯を巻かれ、痛み止めの薬をもらった。

「――やれやれ、助かった」

と、哲二は病院を出てホッと息をついた。

「だから言ったろう？　――しかし、酒はだめだと言われたな」

「それより腹が減ってる。何か食わしてくれ」

「よし。じゃ、焼肉でも食うか」

と、信吾は言った……。

酒はだめ、と言われていても、ついビールを飲んでしまう哲二だったが、

「こんなこと……どうすりゃいいんだ」

少し食べてお腹が落ちつくと、哲二はまた心配になって来た。

「まあ、物事、そう予定通りにゃいかないものさ」

「おい……。そいつは無責任だぜ」

「なに、お前のことなんか分るもんか。お祖父さんとは何のつながりもない」

「だけど……」

「切りつけられてやったんだろ。仕方ないさ」

「おい、信吾」

と、哲二は不満げに、「お前、よくそう平気でいられるな」

「だって、予想外だったが、これでお祖父さんにかかってた保険金が出る。受取人は俺しかいないからな。——まあ、多少時間はかかるだろうが、手に入ったら、お前にも少し分けてやるよ」

哲二は唖然《あぜん》とした。

「本当だろうな？」

「ああ。友だちじゃねえか。さ、食えよ」

「うん……」

「俺も、今のサラリーマン稼業がつくづくいやになってるんだ。まとまった金が入ったら、自分で店でも持つか」

「呑気《のんき》だな」

と、哲二は苦笑した。

「おい」

信吾は少し声をひそめて「店に出入りするところを、人に見られてないだろうな」

「ああ……」

「それなら捕まる心配ないさ。銃だって、闇ルートの品だ」

哲二は黙って肉を焼いては食べ続けた。

言えなかった。――あの老人にサングラスとマスクをはぎ取られ、居合せた親子に顔を見られたことを……。

この信吾の祖父、大塚秀治を殺したこと、そのことには、哲二は自分でも意外なほど罪の意識も後悔も感じていなかった。

そもそも計画したのは信吾である。そして、哲二は初めから殺すつもりなどなかった。

あの爺さんが、包丁で切りつけて来たから撃ってしまったのだ。俺のせいじゃない。

哲二は、すべて信吾とあの爺さんのせいにして納得することができた。

しかし――気になるのは、本当に捕まらないだろうかということだ。

顔は見られたが、あんなときだ。向うだって、そうじっくり見ていなかったろう。

そうだ。――それと、サングラスとマスク。

あれから足がつくことはあるだろうか？

サングラスは安物だし、マスクはどこででも売っている。

うん、大丈夫だろう。

ただ、やはり一番危険なのは、あの親子だ。

きっと、刑事に訊かれているだろう。

「どんな男でした？」

モンタージュ写真を作っているかもしれない。

そうだ。やはりあの二人――特に母親の方を何とかしなければ。

あの店に来たのは偶然だろうか？　それとも、毎日通っているのか。

哲二は、あの女にもう一度会うにはどうしたらいいか、考え始めていた……。

「おい、もう食わないのか？」

信吾に言われて、ハッと我に返ると、

「食うとも。一休みしてたんだ」

と、哲二は残った肉をはしでつまんだ。

4　客

「いらっしゃいませ」

みすずは、棚の品物をきちんと並べながら、すぐ背後を通る客の気配を感じて、言った。

この「いらっしゃいませ」のひと言が、なかなか言えなかったものだ。

この〈Kストア〉にパートで来て、もう一年になる。客を見て、反射的に、

「いらっしゃいませ」

と、言葉が出るようになったのは、三か月もたってからだった。

当時の店長には、ずいぶん注意され、文句を言われたものだ。

今日はレジの担当ではないので、いくらか気が楽だった。その代り、広い店内を回って、品物を入れ替えたり並べたりするので、脚立に乗るかと思えば、しゃがみ込んで棚の下の方を見る。体はきつい。

いいこと二つはないものである。

「ね、ちょっと」

と、若い女の声がした。

みすずは、自分が声をかけられたのだと思わず、棚の下の方を整理していた。

「お仕事中、悪いけど」

そう言われて、やっと、

「あ……。すみません」

と、立ち上った。「失礼しました。何かお探しでしょうか」

薄手のコートをはおった、スーツ姿の女性である。二十五、六というところだろうか。

一見してパッと華やかな雰囲気の女性だった。

「そうじゃないの」

と、その女性は言って、みすずの名札を見ると、「〈直井さん〉ね。直井みすずさんって、あなた?」

「はい、そうですが」

みすずは戸惑っていた。どうして私の名前を知っているのだろう?

「あなたを見に来たの」

実際、その女性は、制服を着たみすずを、頭から爪先《つまさき》までジロジロ眺めて、「こういう人なのね」

と言った。

「あの――」

「私ね、あなたのご主人の同僚。会社で、違う課だけど」

「はあ。主人がお世話に……」

「そう。お世話してるのよ、英一さんの」

「といいますと？」

「分らない？」

女は声を上げて笑った。「私、浅倉綾《あさくらあや》。――あなたの旦那《だんな》様の恋人」

「え……」

みすずは、ポカンとして、その女を眺めていた。

びっくりした、というよりもびっくりする余裕もなかったのである。

一体、この人は何を言ってるんだろう？

「お分り？」

と、浅倉綾と名のった女は、少し馬鹿にしたような口調で言った。

「そうなんですか」

やっとそう言って、「でも――いつの話ですか？」

「そうね。もう三年越し」

「それって……今もってことですか」

「もちろんよ。終ったことなんか、いちいち言いに来ないわ」

「でも……あの人の妻は私です。子供もいます」

「知ってるわ、もちろん。別にあなたを追い出したいわけじゃないの。だって、あの人の母親の面倒なんて、私、とても見られないわ。あなた、偉いわね」

この人にほめられても……。

「じゃ、どうしてここへ?」

「だから、言ったでしょ。あなたを見に来たの」

「でも……」

「あなたは妻。私は恋人。お互い、領分を守って、うまくやって行きましょうよ。ね?」

「はあ……」

「ともかく良かったわ。会えて」

浅倉綾は手を差し出した。みすずは反射的にその手を握っていた。

「それじゃ。お仕事の邪魔して、ごめんなさい」

そう言って、足取りも軽く行ってしまう。

みすずは、今の出来事が現実だったのかどうか、夢でも見ていたのかと迷いつつ、しばらく立ち尽くしていた。

「——直井さん! 何をボヤッとしてるのよ!」

売場主任の女性の叱声《しっせい》が飛んで来て、みすずはあわてて仕事に戻った。

だけど――こんなことがある？

わざわざ恋人の妻に会いに来る女がいるだろうか？

何かの冗談？

「ちっともおかしくないけどね……」

と、みすずは呟《つぶや》いた。


短い休憩時間に、みすずはケータイで夫へ電話した。

「何だ。仕事中だぞ」

と、不機嫌な声。

「ごめんなさい」

つい謝ってしまうみすずだった。「あの、さっきここに女の人が」

「何だって？」

「パート先のスーパーに、浅倉綾って方がみえたの。あなたの会社の方だと言ってたわ。そして、あなたの恋人だって」

少し間があったが、

「行ったのか」

と、直井英一はちょっと笑って、「そう言ってはいたが、まさか本当に行くとは思わなかった」

「あなた……。本当なの?」

みすずはスーパーの裏手に出ていた。休憩室では他の人に聞かれてしまう。

「ああ」

と、直井は当り前の口調で、「お前だって分ってただろ」

「そんなこと……」

「別に、お前と別れる気はないから安心しろ。ただ、あの子は好奇心が強いんだ」

と、直井は言って、「来客があるんだ。もう切るぞ」

「あなた——」

「話があるなら夜聞く」

と言うと、通話を切ってしまった。

みすずは、呆然《ぼうぜん》として手の中のケータイを見つめていた。

安心しろ、ですって? 別れる気はない?

みすずは、ケータイを手にしたまま、スーパーの中へと戻って行った。

「——直井さん! 何をサボってるの!」

と、主任の女性がみすずを見て言った。「早く売場に戻って!」

「すみません」

みすずは、足早に売場の方へ行きかけた。

「あなた、どうしたの」

と、主任の女性が言った。

「は？」

「泣いてるじゃないの。何かあったの？」

その口調は、「同じ女同士」というニュアンスになっていた。

「いえ……。すみません」

みすずは、急いで涙を拭《ぬぐ》って、「気が付かなかったんです」

「でも、理由がなきゃ、泣かないでしょ」

「個人的なことです。すみません」

売場主任は四十代のがっしりした体格の女性で、木田安代《きだやすよ》といった。厳しいが、よく働いている者のことは、ちゃんと見ている。

「直井さん、あなた、たった十秒くらいの間に三回も『すみません』って言ったわ」

「は……」

「謝ってばかりじゃ、人に分ってもらえないわよ」

あの刑事さんも同じようなこと言ってたっけ、とみすずは思った。

木田安代はチラッと店内を見て、

「まだ混み出すには時間があるわ。いらっしゃい」

「でも……」

当惑しているみすずの腕をつかんで、木田安代は店の裏から外へ出ると、ちょっと奥まった場所にある喫茶店に入った。

「あの……お仕事が……」

「私が連れて来たんだからいいのよ。――コーヒーね。あなたも？　じゃ、コーヒー、二つ」

木田安代はメガネを外して、おしぼりで顔を拭《ふ》くと、息をついた。

「主任さん……」

「安代って呼んで。ここは職場じゃないわ」

「でも――」

「前から思ってた。あなた、いつも幸せそうじゃないわね」

みすずは面食らって、

「それは――誰でもこんなものじゃないんでしょうか」

「そうかしら。――どうして泣いてたのか、話してみて」

みすずは口ごもりながら、夫の恋人、浅倉綾という女がやって来たこと、夫も当り前のように、それを否定しなかったことを話した。

そして話し出すと、つい夫の母親のことまで話さないではいられなかった……。

「すみません！」

ハッとして、「こんなにおしゃべりして……」

「いいのよ」

と、木田安代は肯《うなず》いて、「たまには思いきり言いたいことを言わないと」

「でも……どんな家でも、たいていはこれくらいのこと……」

「普通じゃないわよ」

と、コーヒーを飲みながら苦笑して、「どの家もそんな風だったら、日本中離婚だらけになるわ。ずいぶん辛《つら》い思いに耐えて来たのね、あなた」

「そう……でしょうか」

「よく我慢してるわ。気の毒に。男との巡り合せが悪かったのね」

そう言われると、みすずは急に自分のことが哀れになって来て、突然こみ上げて来たやり切れなさに圧倒され、また泣き出してしまった……。

そして――五分近くも泣いていただろうか、やっと泣き止むと、冷めかけたコーヒーを一気に飲んだ。

「ああ！　何だか――スッキリしました！」

安代は笑って、

「その調子！　あなたがいくら泣いても、ご主人は痛くもかゆくもない。ストレスを感じて胃を悪くでもしたら損よ」

みすずは安代の言い方に、つい笑ってしまった。

「そうそう。笑うことよ。笑う元気を持たないと」

「主任さんって、面白い方ですね」

「安代さん、でしょ。——私だって、仕事が終れば〈主任〉じゃないわ。ただ四十二歳の女」

「あの……失礼ですけど、結婚してらっしゃるんですか？」

「あら、それも知らないの？　昔結婚してたけど、別れて今は独身。もう十年になるわね、独り暮し」

「そうですか……」

「おっと」

安代のケータイが鳴った。「そろそろ戻らないと。——あなた、もう少しここで休んでらっしゃい」

安代は立ち上って、伝票をつかむと、

「ここは払っとくから。十五分したら、売場に戻って」

「はい。――ありがとうございます」

木田安代がスーパーへ戻って行くと、みすずは一人になって、ふと夢から覚めたような気分で、喫茶店の中を見回した。

今のは現実だったのかしら？

あの厳しい売場主任が、あんなにやさしい言葉をかけてくれるなんて……。

でも、目の前にはまだ木田安代のコーヒーカップが置かれたまま。

本当のことだったんだわ。夢なんかじゃない！

そう。十五分したら、店に戻れと言われた。つまり、十五分間は戻らなくっていい、ということだ。

みすずは、飲みかけの冷めたコーヒーを見て、

「ちょっと！」

と、ウエイトレスに声をかけた。「コーヒー、新しくいれて。これ、冷めちゃったから」

「はい」

「ちゃんと払うから心配しないで」

と、みすずは明るく言った。

十五分あれば、熱いコーヒーをしっかり飲めるというものだ。

「ああ……」

と、思わず呟《つぶや》いた。「すてきだわ！」

自分のことを理解してくれる人がいる。分って、同情してくれる人がいる。

何てすてきなことだろう！

みすずは、まるで新しい人生が始まったかのような気がして、運ばれて来たコーヒーにミルクも砂糖も入れず、ブラックで飲んだ。

「――苦い！　でも、おいしいわ」

そうだ。夫に恋人が何人いようと、それが何だろう？　あんな夫、あんな女に、自分の
人生を台なしにされてたまるものか。

みすずが泣けば、夫は喜んでいる。きっとあの女も喜ぶだろう。

そしてあの義母も……。

誰が。――誰があんな連中を喜ばせてやるもんですか。

みすずは、何か新しいことが始まりそうな予感がしていた。

5　空白のとき

「あれから、もう二週間たつのね」

と、丘久美子はコーヒーショップの店先から、道の向いの雑貨店を見ながら言った。

「うん？　――ああ、例の強盗か」

店長の酒井《さかい》は伸びをして、「あの日は俺、休みだったからな」

「そうだったわね。私、殺されたお爺《じい》さんとお話ししてたのよ、この店で」

と、丘久美子は言った。「あの後、お爺さんはすぐ殺された。――結局強盗以外で、最後にしゃべったのは私かもしれない」

「そうだな」

酒井は大して関心もなさそうに、「俺がいたら、強盗をねじ伏せて、引っ捕えてやったのにな」

「馬鹿言わないで」

と、久美子は苦笑して、「向うはピストル持ってたのよ。撃たれたらどうするの」

「なあに、ピストルの弾丸なんて、めったに当るもんじゃないんだ」

と、酒井は分ったような口をきいた。

「でも、大塚さんって人には当ったじゃないの」

「よっぽど運が悪かったのさ」

――コーヒーショップは、午前中の「空白時間」に入っていた。

朝食代りに、ホットドッグなどを食べる、この近くの店の人間がいなくなって、まだ昼には早い。

「あの店、どうなるんだ」

と、酒井が、戸を閉めたままの雑貨店を見て言った。

「お孫さんがいるとかって、TVでやってたわ。いずれ売っちゃうんじゃないの。でも、人が殺された所なんて、買う人、いるかしら?」

「時間がたちゃ、みんな忘れるさ。小さいから、大した金にはならないだろうが、それでも何百万かにはなるな」

と、酒井は言って、「いいなあ。俺にも土地のひとかけらでも遺《のこ》してくれるじいさんでもいねえかな」

久美子は、チラッと時計を見て、

「少し休憩して来ていい?」

「ああ。どうせ暇だ」

「二十分で戻るわ」

「ゆっくりして来いよ」

酒井は久美子を見てニヤリと笑った。

——以前は。

そう、以前はあの言葉が「やさしさ」に思えたものだ。

久美子は店の奥へ入ってエプロンを外すと、財布を手に裏口から外へ出た。

コーヒーショップの店員が喫茶店でコーヒーを飲むのもおかしなものだが、あの店の味にはもううんざりしてしまっていた……。

「ブルマンちょうだい」

少し高いが、せめて豆を指定するのが、久美子のちょっとしたぜいたくである。

店長の酒井と「特別な仲」になって半年。

あまりに平凡な関係も、初めの内はぬるま湯のお風呂《ふろ》のように心地よかったのだが、日がたつにつれて、酒井のつまらない所が目について来る。

何度か寝ると、すっかり久美子を女房扱いで、久美子が酒井のアパートにいる間はゴロリと横になってお茶もいれない。

「女は男のために家事をするのが喜び」

と信じ込んでいるようだ。

さっき、あの老人が殺された雑貨店の土地のことを羨《うらや》んでいたが、酒井は何かといえば、

「何かうまい話が転り込んで来ないか」

と言い出す。

冗談かと思っていたのだが、付合う内に酒井が本気でそう言っているのだと分り、幻滅した。

酒井は久美子より一つ年上なだけの二十八歳だが、ずいぶん「中年」に見える。それが人間としての落ちつきではなく、「人生の目標」などさっさと捨ててしまったからだと気付いてからは、もう別れる覚悟を固めていた……。

しかし、久美子もあの店で働いている限りは酒井と正面切って喧嘩《けんか》はできない。

「そろそろ辞めるか……」

と思っても、次の仕事がすぐ見付かるとは限らないのだ。

ついため息の出てしまう久美子だった。

「いらっしゃいませ」

喫茶店に入って来た女性を何気なく見て、

「――あら」

その女性は足を止め、

「あ……。コーヒーショップの」

「ええ。あのときは——大変でしたね」

と、久美子は言った。

あのときの「目撃者」だ。

「直井さん……でしたっけ」

「直井みすずです。——ご一緒しても？」

「ええ、もちろん」

と、久美子は微笑んだ。「今日はお一人？」

「ええ。娘は幼稚園です。あの日、たまたまお休みで」

直井みすずはコーヒーを頼んで、「今はお休み時間？」

「そうなんです。暇な時間で」

二人は少し黙った。

どっちも事件のことに触れないようにしていたのかもしれない。

しかし、コーヒーを一口飲むと、

「まだ犯人は……」

と、みすずが口を開いた。

「ええ、捕まらないと何だか安心できないし」

「そうですね」

みすずは肯《うなず》いた。

「本当にひどいわねえ、あんなお年寄を殺すなんて」

と、久美子は言った。

すると、少しして、みすずが言った。

「でも――お年寄だって、ひどい人もいますよ」

その言い方が、あまりに真剣だったので、久美子はびっくりした。

久美子の表情に気付いて、みすずはちょっと笑うと、

「すみません、妙なこと言っちゃって」

「いいえ。――何かあるんですね」

「ええ、まあ……。主人の母が」

「ああ……」

「本当に、あるんですよ、TVドラマみたいな嫁いびりって」

「じゃあ……」

「これから行くんです。あの日も義母の所へ行く途中で……」

「そうだったんですか。――ああ、思い出しました。あの片山さんって刑事さんと話してるとき、何だか様子がおかしいなと思ったんです」

「ええ……」

みすずは「あの日」のことを話していた。ふしぎに他人事《ひとごと》のような口調で。

「そんなにひどいんですか」

久美子は啞然《あぜん》として、「私なんか、一か月ももたないわ」

「結婚は慎重にね。相手だけの問題じゃないんですよ。相手には親も兄弟もあるんですから」

「よく憶《おぼ》えときます。でも、直井さん。みすずさん、でもいいですか？」

「ええ、もちろん」

「今日はとっても明るいわ。何かいいことでも？」

「そう……。割り切るってことを憶えたんです、きっと」

と、みすずは言った。


「いらっしゃい」

酒井は読んでいた週刊誌を閉じた。

「──コーヒー」

「はい」

前田哲二は、店の中を見回した。

空いているので、奥の席につく。

さあ……。ここへ来たものの、むろんそう簡単にあの女と出くわすことはあるまい。

哲二は、ガラス越しにあの店を眺めた……。

「あそこで」

と、哲二の前にコーヒーを置きながら、

「この間、人殺しがあったんですよ」

哲二は、その男の名札に〈店長・酒井〉とあるのを見ていた。

「うん、知ってる」

と、哲二は肯いた。「見てたの？」

「いいえ、俺はちょうど休みだったんですよ」

「そう」

「女の子がね。ここの久美子っていう子が、そのときいたんです」

「大変だったろうね」

そう。——まさか話をしている相手が犯人だとは思いもしないだろう。

「まだ捕まってないんだろ」

と、哲二は言った。

「そうみたいですね。でも——いくらぐらい盗んだのかな。それにあの店だって、売れりゃいい金になるんじゃないですか」

哲二は、その酒井という〈店長〉が、殺された年寄のことなど気にもとめず、金のことばかり考えているらしいのを見て、苦笑した。

「楽して金稼げたらいいですよね」

と、酒井が言った。「ま、刑務所にゃ行きたくないけど」

「そうだね」

哲二はコーヒーを飲んだ。

旨《うま》くない。――どうせ安いんだ。旨いコーヒーなんか出してやることないさ。

きっと、出す方がそう思っているのだ。

この酒井という男が、「仕事」というものをどう考えているのかが、コーヒーの味に現われていた。

「もうじき売り出しなんですよ」

と、酒井が言った。

「え？」

「宝くじの。年末のジャンボだと、みんな買うからなかなか当らないでしょ。だから少し一等賞金の安いのを狙うんです。百万だって、当りゃ凄《すご》いですもんね」

確率から言えば、大して違わないだろう、と哲二は思っておかしかった。

「〈店長〉なんていったって、給料安いんですよ。遅くまで働いても、手当もつかないし」

客にグチをこぼしているようじゃおしまいだな、と哲二は思った……。

店に、若い女が入って来た。

「何だ、早いな」

酒井が言って、カウンターの方へ戻って行く。若い女は、一旦《いったん》店の奥に入って、エプロンをつけて出て来た。

これが「久美子」か、と哲二は思った。

「店長。おつりの小銭が少ないんで、両替して来ます」

「そうか。頼むよ、久美子」

哲二は、酒井の久美子を見る目つきに気が付いた。二人がチラッと目を合せる。

そうか。あの二人、関係があるんだな。

そういう雰囲気というのは、はた目にはすぐそれと知れるものだ。

「そうだ」

と、久美子が言った。「一休みしてたら、この間の女の人と会ったわ」

「女って？」

「あの事件のとき、向いの店に居合せた人」

哲二の、カップを持つ手が止った。

「へえ。またこの辺に来たのか」

と、酒井が言った。

「ご主人の実家があって、義母の面倒みなきゃいけないんですって。大変らしいわ」

「それでこの前も来てたのか」

「ええ。あのときは無口で、暗い人だなと思ったけど、今日はずいぶん色々話してくれて。今度、ゆっくり会うことにした。メールのアドレスも聞いたの」

「怖くないのかな、あんな目にあって」

「あの日は子供連れてたしね。でも、居合せただけで、何も見てないんだもの。ともかく早く犯人捕まえてほしいわね。――じゃ、銀行に行って来ます」

「ああ、ご苦労さん」

久美子がエプロンをつけたまま足早に出て行く。

――ツイてるぜ。

哲二は、信じられないような気分だった。

あれ以来、初めてやって来たのに、早速あのときの「目撃者」のことが分った。

しかし――なぜあの女は「何も見ていない」と言ってるんだろう？

いや、それは信じない方がいい。警察からそう言い含められているのかもしれない。

だが、もしかしたら――。

あの女にしてみれば、子供を連れていたのだ。事件と係り合いになるのがいやだったのかもしれない。

だから、「何も見なかった」と言っているとしたら……。それはそれで通してくれたら、哲二としてはありがたい。

しかし、やはりいつ気が変って、

「本当は犯人の顔を見ました」

と言い出すか、分ったものではない。

やはり放ってはおけない。といったところで、どうする？

あの女も殺すのか？

哲二はそう考えた自分にゾッとした。

一人殺せば、後は二人も三人も同じ。――俺もそんな「人殺し」になってしまったのか。

いや、そうじゃない。あの爺《じい》さんは、弾みで殺してしまったが、俺は平気で人を殺せる人間じゃない。

あの女。――あの女をもし殺すとしたら、今度は本当に殺すつもりでやらなければ。

哲二も、それには抵抗があった。

要はあの女が黙っていればいいのだ。

それには……。

哲二は、退屈そうに欠伸《あくび》している店長、酒井の方へと目をやった。

あいつは……。そう。あの男なら、金のために、何でもやりそうだ。

そして久美子という女が、目撃者と知り合いになった。酒井と久美子は恋人同士らしい。

哲二は、これで何とかなるかもしれない、と思った。

哲二は、冷めたコーヒーを飲み干すと、

「ごちそうさま」

と、酒井へ声をかけた。

「あ、どうも」

「また来るよ」

哲二の言葉が本当だとは、酒井は思ってもいなかっただろう……。

6　午後の涙

娘は唐突に泣き出した。

店は空《す》いていたので、あまり他の客の注意を引くことはなかったが、相手の男は渋い顔で周囲を見回し、

「おい、泣くなよ」

と言った。「こんな所で……。人が見るだろ」

「ごめんなさい……」

娘はハンカチを両目に押し当てて、「心細くなって、つい……」

「大丈夫だって言ってるだろ。ちっとは俺を信用しろよ」

男の方はサラリーマンだろう。背広にネクタイ。三十前かと思えた。

娘の方はずっと若そうで、二十歳を少し出たくらいか。地味な服装で、あまり垢抜《あかぬ》けているとは言えなかった。

「でも……どうするの？」

と、娘がグスンとすすり上げて言った。「このままだと……手術もできない」

「そんな必要ないって言ってるだろ」

「じゃあ……産んでいいのね？」

「もちろんさ。もうじき、まとまった金が入るんだ。その手続きなんかでしばらく忙しいけど、落ちついたら、ちゃんと式を挙げよう」

「本当なのね！　嬉《うれ》しいわ」

娘の顔に微笑が浮かぶ。

「だから心配するなって。いいね？」

「ええ……。ごめんなさい、お仕事中に」

すると、店の電話が鳴って、ウエイトレスが出ると、

「――お客様の大塚様、いらっしゃいますか？」

「俺かな」

男の方が立って行って、電話に出る。「――ああ、もしもし。――うん、もう戻るよ。――誰だって？　――そうか。分った。少し待っててもらってくれ」

大塚という男は、電話を切ると席に戻り、

「来客なんだ。会社に戻らなきゃ」

と言うと、内ポケットから札入れを取り出し、千円札を何枚か出して、「これで、何か

食べて帰れよ。――また連絡するから」

「うん、きっとね」

「分ってるよ」

大塚は肯《うなず》いて見せると、急ぎ足で店を出て行った。

――片山晴美は、その二人を、少し離れたテーブルから見守っていた。

「何だか怪しいわね。ね、ホームズ」

傍《かたわら》の大きめのバッグから、ホームズが顔を出している。

どうやらあの娘を妊娠させて、結婚するという約束はしたらしい。しかし、あの大塚という男の様子は、とても誠実と言える風ではなく、本音は迷惑がっていることが晴美の目にもよく分った。

「私の見たところじゃ、あの男、結婚する気ないわね。――賛成、ホームズ?」

ホームズが無言で晴美を見た。

「すみません」

一人残った娘が、ウエイトレスに声をかけて、「メニュー、下さい」

メニューをもらって、

「カレーライス。それと後でケーキとミルクティー」

ついさっき、グスグス泣いていたとは思えない元気さで注文している。

へえ……。あの子、意外としっかりしてるわ、と晴美は思った。

娘は、晴美の視線を感じたのか、振り返ってみると、バッグのホームズを見付けて、

「あら、可愛い！」

と、ニッコリ笑った。

晴美も微笑んで、

「ごめんなさい。今のお話、聞こえちゃったんだけど」

「そうですよね。あの人、いやがるけど、私、わざと他の人に聞こえるようにしゃべってやるの」

と、娘は言って、「そっちへ行っていい？」

「どうぞ」

娘はさっさと移って来て、

「私、矢吹美紀《やぶきみき》っていいます」

「片山晴美。これはホームズ」

「お利口さんな猫みたい。——人間って、何て馬鹿なんだろ、って顔してる」

「そんなことないわ。あの男の人、大塚っていうの？」

「ええ、すぐそこの会社に勤めてて、大塚信吾っていうんです」

やっぱりそうか。——今、兄が会社を訪ねているのが大塚信吾である。大塚の言ってい

た「来客」は兄のことなのだ。

「あの人、ああ言ってるけど、たぶん本当は逃げる気なの」

と、矢吹美紀は言った。

「そう思ってるのに産むの？」

「子供に罪はないし。――ああいう男に育つと困るけど」

と、明るく笑った。

垢抜けないのは確かだが、笑うと可愛い子だ。

「どうしてあの人と知り合いに？」

「私、アルバイトにその会社に行ったんです。そのとき、大塚さんが色々教えてくれて。

――私、高校出て、田舎から上京して来たんだけど、仕事は見付からないし、あてにしてた叔母《おば》さんの家は狭くて、とっても暮せなかった。それで小さいアパートに住んで、仕事探してるの」

と、美紀は言った。

「でも、子供産んだら、仕事するの、大変でしょ？」

「分ってるけど、どうしたもんか、まだ迷ってるの」

「もし、あの大塚って人と結婚したら――」

「どんな人なのか、まだよく分らないの。付合うったって、本当の姿って、分らないでしょ、ひと月やふた月じゃ」

「そうね」

「この間、あの人のおじいさんが亡くなって」

と、美紀は言った。「でも、あの人、ちっとも悲しんでないの。それより、保険金が入るとか、おじいさんの持ってたお店が自分の物になるから、売れば金になるとか、そんなことばっかり言ってて」

「そう」

「あの人は、そう言えば私が安心すると思ってるみたい。でも、私、いやだわ。亡くなった人のお金、あてにするなんて。しかも、そのおじいさんって、強盗に殺されたのよ」

「まあ」

「可哀そうよね！　撃たれて死んだって。——きっと痛かったでしょうね」

「そうね」

晴美は、この娘に好感を持った。

軽そうに見えるが、その実、人の痛みを分っている……。

美紀とおしゃべりしている内に、片山が店に戻って来た。

「あ、お兄さん」

と、晴美は手を上げて、「早かったのね」

「うん……。まあ、あんまり訊《き》くこともないしな。――こちらは？」

と、美紀を見る。

「矢吹美紀さん。大塚さんの――婚約者？」

「え？」

「美紀さん、これ、兄なの。片山義太郎。警視庁の刑事」

「刑事さん？」

美紀の方も目を丸くしている。

晴美が状況を説明すると、

「じゃあ、大塚さんが疑われてるんですか？」

と、美紀は言った。

「いや、そういうわけじゃないよ」

と、片山は急いで言った。「犯行の時刻には、大塚信吾は会社で会議に出ていた」

「調べたんですね。やっぱり」

「まあ……ね。一応、関係者でもあるし」

「保険金と、お店の土地……。あの人がもし――」

「でも、そうじゃなかったんだから」

と、晴美は言った。

「そうなんだ。ただ——どうしても、なぜ犯人があの金なんかなさそうな店を襲ったのか、それがふしぎで」

と、片山は言った。「確かに、あの近くの店は、不況でずいぶん閉めてる。襲いたくなるような店はなかったかもしれない」

「それでたまたま？」

「しかし、あの日は店を開けるのが遅れた。犯人が、初めからあそこを狙っていたとしか思えないんだ」

「何か他に理由があったのかしら」

「少なくとも、向いのコーヒーショップの方が、まだ金がありそうだけどな」

美紀は少し考え込んでいたが、

「二週間くらい前ですよね」

と、口を開いた。「あの事件」

「うん。——それが何か？」

「その十日くらい前に、私、大塚さんに言ったの。妊娠した、って」

と、美紀は言った。「あの人、弱ったような顔していた。心配するっていうより、不機嫌になって……。私、きっと堕《お》ろせって言われると思ってた」

「でも、言われなかったんでしょ？」

「手術の費用が出せなかったんです。私にもお金ないし、大塚さんも、同僚の前では見栄《みえ》
張っていたけど、お金なかったと思います」

「じゃ、そのための費用を？」

片山と晴美は顔を見合せた。

「お義母様《かあ》、肩でもおもみしましょうか？」

と、直井みすずは言った。

「え？　ああ……。いいわよ、もう」

と、直井ミッ子はぶっきらぼうに、「愛衣ちゃんが待ってるでしょ。帰ってあげなさい」

「ありがとうございます。じゃ、これで」

みすずは、てきぱきと片付けて、「では失礼します」

「お疲れさま……」

ミッ子はついそう言ってしまって、自分に腹を立てた。「——何てことかしら、全く！」

あの女は一体どうしたんだろう？

いつも、メソメソ泣いてばかりいる女だったのに。

今日はやけに元気でやって来て、ご飯の支度から、掃除、洗濯。——風呂《ふろ》やトイレもき

れいにして、しかもいつもよりずっと早く終り、

「お義母様、何か他にすることはありません？」

と来た。

また、働くのが楽しそうなのだ。

おかげで、今日も色々難くせをつけて泣かせてやろうと思っていたミツ子の楽しみが失くなってしまった。

ケータイが鳴った。――息子の英一からだ。

「――もしもし、母さん」

「ああ、英一」

「みすずは？　ちゃんと行ってる？」

「ああ。ついさっき帰ったよ」

「もう？　全く、サボることしか考えてない奴だな」

「いえ、今日はよく働いてったよ」

「へえ。あいつにしちゃ珍しいな」

「まあね……。もちろん、私から見りゃ、掃除だって、まだまだ不充分だけどね」

と、ミツ子は出まかせを言って、「やってもらってるんだから、あんまりぜいたくも言えないだろ」

「構やしないんだよ、あんな奴、何言ったって。――今日も五時には会社を出るから、六時前にはそっちへ着くよ」

「ああ、待ってるよ」

母と息子、二人で水入らずの食事だ。

しかし、その食事もみすずが全部用意して、電子レンジで温めるだけにして行ったものなのだが……。

ミツ子は、何だか胸の辺りがスッキリしないまま、TVを点《つ》けて見ていたが、ケータイが鳴った。

「誰かしら……」

〈公衆電話〉からになっている。

「もしもし……」

用心しながら出る。

「直井ミツ子さんですね」

女の声だが、聞き覚えはない。

「そうですが……」

怪しげなセールスや詐欺かもしれない、といつでも切れるように、できるだけ口をきかないでいる。

「余計なことかもしれませんが、お知らせしておこうと思いまして」

と、女はいやにていねいな口調で言った。

「何でしょう？」

「息子さんの奥様は、みすずさんとおっしゃるんですね」

ミツ子はちょっと当惑して、

「そうですが、何か？」

「みすずさんには恋人がいます」

女の言葉に、ミツ子はしばし黙っていた。

「――もしもし、聞こえました？」

「ええ、もちろん。あの……つまり、みすずさんが浮気していると？」

「ええ。それもただの遊びじゃありません。男と毎日のように外で会っています」

「まあ」

「会えば必ずホテルへ行って、男に抱かれているんです。かなり本気の付合いだと思いますわ」

「そんなことが……」

やっと、ミツ子も頬を赤く染めて、「何て人かしら！　嫁として恥ずべきことですわ！」

「ごもっともです」

「その——相手の男って、誰なんです？」

「そこまでは分りません」

と、女は言った。「でも、ご自分の目で確かめたいとお思いでしたら——」

「もちろんです！」

「明日《あした》の待ち合せ場所は分っています」

「どこですか？　待って下さいね、今、メモするものを……」

ミツ子は焦ってテーブルの回りを引っくり返して、やっとボールペンと紙を見付けると、

「教えて下さい！」

と、勢い込んで言った。

メモを取ると、

「知らせていただいてありがとう」

「いいえ。少しでもお役に立てば」

「ええ、もちろんです。そんな嫁は叩《たた》き出してやりませんとね」

「では、失礼します」

「どうも、わざわざ」

切れてから、ミツ子は女の名も訊《き》かなかったことに気付いた。

「——そうだったのね」

これで、みすずがいやに元気で、楽しげにしていたわけも分る。

浮気！　――ミツ子は、メモを眺めながら、

「見てらっしゃい。男とベッドに入ってるところを取り押えてやるわ！」

そうだわ。英一に知らせてやらなくちゃ。

ミツ子は、思い直した。

今夜、英一はここへ食事に来る。そのときに話してやってもいいが……。

「いいえ」

それでは、英一が帰ってすぐ、みすずを問い詰めることになるだろう。

だめだわ。それじゃ、明日の待ち合せ場所を聞いた意味がない。

そう。これは私が気付いたことにしなくては。

「女にはね、ピンと来るものなのよ」

と、英一には言ってやろう。

怪しいと思って、みすずの後を尾《つ》けたら、案の定、男と会っていた。――そうだわ、その現場を押えてから英一に話そう。

男と二人でいるところを写真に撮る。それを英一に見せ、母子でみすずを問い詰めてやろう。

きっと泣いて謝るだろうが、許しはしない。その場でみすずを家から放り出してやるの

だ。何一つ持たせてやることはない。

英一は母親に感謝して、

「さすがは母さんだね！」

と言ってくれるだろう。

そう。——また母と息子、二人で暮せるようになる。

ミツ子は、孫の愛衣のことを忘れていたのに気付いた。

あの子は、まあ可愛いところもある。何といっても、英一の子でもあるのだ。

でも、英一はまだ若い。もっとできのいい、可愛い嫁をもらえば、子供だって生まれるだろう。それなら愛衣はみすずにくれてやってもいい……。

そしたら、どこに住もうかしら？

ミツ子はどんどん空想を広げて行った。

みすずが、パートの仕事をして、娘をみながら、「毎日男とホテルに行く」などということがあり得るかどうか、考えもしなかった。

どこの誰かも分らない女からの電話をうのみにして、ただ、「これであの嫁を追い出してやれる」ことに浮かれていたのだ。

ミツ子は、「足が弱って、家のことをやるのも大変な」はずだったが、我知らず軽くステップなど踏みながら、家の中を歩き回った。

「早く明日にならないかしら」

と、口に出して言いさえしたのである……。

7　待ち合せ

「ここ?」

タクシーを降りると、直井ミツ子は周囲を見回した。

どんよりと曇って、風は真冬並みに冷たかったが、まだ午後四時前だ。辺りは明るい。曲りくねった道の両側に、いわゆるラブホテルが並ぶ。しかし、夜はともかく、昼間にはどのホテルも、まるで廃業した遊園地みたいに寂しげである。

それでも、利用する客はいるとみえて、ミツ子の目の前のホテルからも、中年のサラリーマン風の男が、えらく若い女の子と腕を組んで出て来た。

少しも人目を気にする様子はなく、二人で笑っておしゃべりしながら歩いて行く。

「汚らわしい!」

と、ミツ子はやや頰を紅潮させて言った。

これが、いつもみすずと男が利用しているホテルらしい。――あの電話の女に教えてもらったのは、このホテルの裏手に、午後四時。

あと十分足らずだ。ミツ子は説明のメモを見ながら、そのホテルの脇の細い道へと入って行った。

そこを抜けると、さらに細い道で、バーや飲み屋が何軒か並んでいる。まだどこも閉まっていて、人影はない。ミツ子は、キョロキョロと左右を見回してから、傾いて今にも倒れそうな飲み屋のかげに身を隠した。

ここならホテルの裏口が一目で見えている。

みすずと男はここで待ち合せているのか。

「あの女にはお似合いだわ」

と、ミツ子は呟《つぶや》いた。

冷える日で、いつものミツ子なら、とても外出する気にはなれないだろうが、今日は少しも寒さが苦にならない。

「あと五分……」

そろそろやって来てもいいころだ。

すると——足音がして、ミツ子が抜けて来た同じ道を、コート姿の男がやって来た。

あれが相手？

マスクをしているので、どんな男かよく分らない。しかし、ともかくここで待ち合せていることは間違いない。

「そうだわ……」

ミツ子はバッグを開けて、カメラを取り出した。今どき珍しい、フィルムを入れるカメラである。

ともかく、撮れればいいのだから。

男は、時折腕時計を見ながら待っている。

四時を五分過ぎた。

そのとき、女がやって来た。

ミツ子は眉《まゆ》をひそめた。――女はネッカチーフをかぶって、男と同様にマスクをしている。

これじゃ、写真を撮っても誰だか見分けられない。

二人は口もきかずに、腕を組んで、ホテルの脇の道へと一緒に歩き出した。

ミツ子は焦った。

仕方ない。――ミツ子は隠れていた場所から駆け出すと、

「待ちなさい！」

と、声をかけた。

その男女が足を止める。

「分ってるのよ！　みすずさん、逃がさないからね！」

と、ミツ子は女の腕をつかんだ。

すると——女がマスクを外し、ネッカチーフも取った。

ミツ子は愕然《がくぜん》とした。みすずではない！

「あ……。ごめんなさい」

ミツ子は手を離して、「てっきり、私……。人違いでした」

その女は口もとに笑みを浮かべると、

「人違いじゃないわ、直井ミツ子さん」

と言った。

「え？」

どうして私の名前を知ってるんだろう？

そしてミツ子は気付いた。その女の声……。

「昨日の電話は、あなたね？」

「ええ。何でも人の言うことをすぐ信じちゃいけないわ」

と、女は言うと、布の手袋をはめた手で、バッグを開け、中からナイフを取り出した。

ミツ子は、一体何がどうなっているのか、さっぱり分らなかった。恐怖を感じる間もなく、ナイフがミツ子の心臓を貫いていた。

これって……何なの？

痛みさえ、ほとんど感じない内に、ミツ子の命はプツッと糸が切れるように途切れていた。

二、三歩、それでも後ずさって歩いたのは、単に体の反射的な動きだった。ミツ子はその場に仰向けに倒れた。

女はナイフの刃の血を布で拭《ぬぐ》うと、バッグへ戻し、そのまま男と二人、ホテルの表の方へと歩いて行った……。

片山たちが現場に着いたとき、辺りはもう暗くなっていた。

「片山さん」

一足先に到着していた石津が、車の方へやって来る。

「誰か来てるのか?」

「持っていたケータイで、家族に連絡が取れて」

と、石津が言った。「今、こっちへ向っているところです。――あ、晴美さん」

晴美もホームズを抱えて車から降りて来た。

「ホテル街なのね」

と、周囲を見回す。

報道陣もやって来て、現場のホテル付近を撮っているので、ホテルの客らしい男女があわてて引き返して行く。

細い脇道を抜けて、片山たちは現場へ出た。

死体を覆った布がめくられると、片山はかがみ込んで、

「この女性だ。——直井みすずさんがいつも通ってた義母だよ」

「そう面倒見てもらわなきゃいけないほど、老け込んで見えないわね」

と、晴美は言った。

「刃物で心臓を一突きされています」

と、石津が言った。「即死でしょうね」

「しかし……どうしてこんな所に来たのかな」

片山が首をかしげていると、

「被害者の家族の方が」

と、警察が知らせて来た。

直井みすずがコートの前をかき合せるようにしてやって来る。

「直井さん」

「あ……。片山さん、ですね」

「名前を聞いて駆けつけたんです」

「あの、やはり……」

「ええ、ミツ子さんです」

「まあ……」

「ご主人は？」

「会社にいなくて。──仕事で遠出していたようです。さっき連絡が取れたので、こっちへ向っていると思います」

みすずは、じっと布で覆われた死体を見つめていた……。

しばらくして、みすずはやっと我に返ったように、

「──義母の顔を見てもいいでしょうか」

と、片山に訊《き》いた。

「ああ、そうですね。──石津、布をめくってくれ」

「はい」

石津が布をめくると、冷たい地面に横たわるミツ子の顔が見えた。

みすずは、表情を全く変えることなく、義母の死顔を見下ろしていたが、

「──どうも」

と、石津の方へ会釈して、死体から離れた。

「大丈夫ですか？」

と、片山が訊くと、

「私、泣けませんでした」

と、みすずは言った。

「え？」

「泣かなきゃ、と思って、お顔を見たんですけど、泣けませんでした。——きっと、冷たい嫁だって思われますよね」

「いや……。そんなことを心配しなくても」

「私が犯人だとか思われるんじゃないでしょうか」

「みすずさん……」

「怖いわ。泣かなかった、っていうだけで有罪にされたら」

「そんなことはありません。大丈夫ですよ」

と、片山は言って、チラッと晴美と目を合せた。

そんなことはありません。——本当にそうだろうか？

今、「世間の求めている姿と違う」というだけで、新聞やTVで「悪者」に仕立て上げられることは珍しくない。

みすずも、「夫の母」の死に号泣しないと、「可愛気のない嫁」と言われてしまうかもしれない。

片山としては、みすずへの直井ミツ子の仕打ちを見ていたから、みすずが泣かないのは当然だと思っていた。

「ご心配なく。ちゃんと犯人を捕まえますから」

片山の言葉に、みすずは少しホッとしたように肯《うなず》いた。

「でも……信じられないわ。あの義母がこんなことに……」

と、みすずは言った。「何だか――今にもパッと起き上って来て、『誰が死ぬもんですか！』って笑い出しそうな気がして」

みすずは、恐れるように、死体から離れた。

「相当怯《おび》えてたのね、この人に」

と、晴美が首を振って、「可哀そうに」

「ニャー……」

ホームズも同情するように鳴いて、晴美の腕の中からスルリと抜け、地面に下り立った。

そして、ホテルの脇の細い道に入る辺りの雑草の間を覗《のぞ》いた。

「――何かあるのかな」

片山は近付いて雑草をかき分けると、「おい、カメラだ」

石津がやって来て、

「本当だ。いけねえ、見落としてたな」

「ニャン」

「すみません！」

石津が手袋をした手でカメラを拾い上げる。

「それ、たぶん義母のです」

と、みすずが寄って来て、「今どき珍しいフィルムを入れるカメラで……」

「そうですね。見覚えが？」

「ええ、何度か。――どうしてもフィルムのカメラがいいと言われて、私、主人の言いつけで探しましたわ」

「カメラを持ってた……。何を撮る気だったんだ？」

カメラを見て、片山は、「一枚だけ撮ってるな。石津、このフィルムに何が写ってるか、調べてくれ」

「分りました」

と、石津は肯いて、「それと、バッグにこのメモが」

「――義母の字ですわ」

と、みすずが覗き込んで言った。

「ホテルの裏か……。ここのことだな」

「ニャー」

と、ホームズが鳴いた。

「うん。自分でメモを取ったってことは、たぶん電話で聞いたんだ。――おい、ケータイはあるか？」

「はあ、ここに」

「お前のじゃなくて、被害者のだ」

「あ、そうですね」

ミツ子のケータイを片山は手にすると、着信を調べた。

「ほとんど〈英一〉だな。ご主人ですね」

「はい」

「一つ、〈公衆電話〉ってのがある。きっとこれだな」

日時を見て、「昨日ですね」

「その時間……。たぶん、私が帰って間もなくだと思います」

誰かが、電話でミツ子をここへ呼び出したのだ。――しかし、妙なのはこの場所だ。

「どうしてこんな場所に来たんだろう？」

片山はメモを見て、「呼び出されるにしても、こんな所……。何か心当りはありますか？」

「いいえ。――この辺りには、来たこともありません」

と、みすずは首を振った。

「どうも、こんな場所では目撃者もあまり期待できませんしね」

片山たちが周辺を当っていると、

「片山さん。被害者の息子さんが」

と、警官がやって来て言った。

「主人です」

と、みすずが言った。

警官をかき分けるようにして、直井英一がやって来た。

「あなた――」

みすずが声をかけたが、直井は妻のことなどまるで気付かない様子で、

「どういうことですか！」

と、片山へ詰め寄った。

「お母様が何者かに刺し殺されたんです。お気の毒でした」

と、片山が言うと、

「そんな馬鹿な！」

と、直井が声を上げ、「母は――母さんは？」

「そこの……布をかけてありますが」

直井は手にしていたビジネスバッグを取り落としたが、全く気付いていない様子で、死

体へ歩み寄ると、膝《ひざ》をついて、布をめくった。

「──母さん」

かすれた声が洩《も》れた。「何してるんだ？　こんな所で寝たら風邪ひくぜ。起きて帰ろう」

みすずがバッグを拾い上げると、

「あなた……」

と、声をかけた。「警察の方がお話ししたいと……」

「うるさい！」

直井は立ち上って怒鳴ると、「お前はこんな所で何してるんだ？」

「私は──お義母《かあ》様のことで、ここへ呼ばれて──」

「お前はどうして生きてるんだ」

「あなた……」

「どうして母さんの代りにお前が死ななかったんだ！」

直井はみすずの胸ぐらをつかんで、「お前が死ねば良かったんだ！」

と叫んだ。

そして直井は、

「痛い！」

と、声を上げてよろけた。

「ニャー……」

ホームズが爪を直井の足首に深く食い込ませたのである。

「こいつ！　何しやがる！」

直井がホームズをけとばそうとしたが、ホームズは素早く直井から離れていた。直井の足が宙をけって、直井は尻《しり》もちをついてしまった。

「畜生……。俺を馬鹿にしやがって！」

と、立ち上った直井へと大股《おおまた》に歩み寄ったのは晴美で、平手で力一杯直井の頬を打った。

直井がよろけるほどの強さだった。

「いい加減にしなさいよ！」

と、晴美が怒鳴りつけた。「いい年齢《とし》した大人が！　みっともないと思わないんですか！」

「いいんです」

と、みすずが言った。「この人は、そりゃあ母親を愛してたんですもの。私なんかより、ずっと」

直井は肩で息をつくと、両手で顔を覆って、よろけるように歩き出した。

「あなた」

みすずが夫の腕を取って、「これを」

と、バッグを渡した。

「——ああ」

直井は半ば放心状態で、バッグを受け取ると、「これは……大切なもんだからな」

「そうよ。家へ帰る？」

直井は少し間を置いて、

「いや……。もう少しお袋のそばにいるよ」

「分ったわ。私、愛衣をお隣に預けて来てるから、帰らないと」

「うん、分った……」

みすずは、片山の所へ戻ると、

「帰っていいでしょうか？」

と訊《き》いた。

「ええ、結構ですよ」

「あの……義母のお葬式などは……」

「検死が必要なので、お返しするのは少し先になりますね。ご連絡しますよ」

「よろしくお願いします」

みすずは一礼して、その場から立ち去って行った。

「何だか……哀しそうな人ね」

と、晴美が見送って言った。

「ニャー……」

と、ホームズも同感の意を表わしているようだ。

「亭主にああ言われちゃな」

と、片山は、呆然《ぼうぜん》と突っ立っている直井を眺めて言ったが、「——しかし、亭主は亭主で、哀れだな」

と、付け加えた……。

8　接近

「お昼、食べて来ます」

と、丘久美子は言って、エプロンを外した。

「ああ」

店長の酒井は、仏頂面で言った。

久美子が出て行くと、酒井は、

「あいつ……」

と、苦々しげに呟《つぶや》いた。

久美子が、このところ酒井の誘いを何のかのと言って拒んでいる。それが面白くないのだ。

「恩知らずめ！」

別に自分が久美子に給料を払っているわけでもないのに、酒井としては何でも文句が言いたくなるのだ。

「ま、あいつにもそろそろ飽きたしな」

と、負け惜しみを言っていると、客が入って来た。「いらっしゃいませ……」

水を持って行くと、

「やあ、この間は」

と、前田哲二は言った。

「――ああ、この間のお客さんですね」

「コーヒーを」

「はい。近くにご用で？」

と、酒井は訊いた。

「いや、ここに来たんだ」

と、哲二は言った。

「へえ。そんなに旨《うま》いですか、ここのコーヒー？」

「そうじゃない」

と、哲二は笑って、「正直なところ、コーヒーは今いちだよ」

「すんませんね。豆をずっと置いとくんでね」

「あの子に会いたくてね」

と、哲二は言った。「久美子さんっていったかな」

酒井はちょっと面食らって、

「久美子に？」

「うん。この間チラッと見たのが忘れられなくて」

「へえ……」

酒井はコーヒーを出すと、「今、昼休みでいませんが」

「分ってる。――出てくのを見たよ」

「じゃあ……」

「君の彼女なんだろ？」

酒井は少し迷ってから、

「まあ……そんなこともあったけど……。でも、もう切れてんです」

「そうか。じゃあいいんだね、僕が誘っても？」

「そんなの、自由ですよ」

「ありがとう」

哲二はコーヒーを少し飲むと、

「それなら一つお願いがあるんだがね」

と言った。

「何ですか？」

「久美子さんのケータイを見たいんだ。ほんの数分でいい」

「ケータイを?」

「うん。アドレスも知りたいし、番号もね」

「それなら分りますよ」

「自分で見たいんだ。どんな写真が入っているか、とかね」

「なるほどね。でも、あいつ、いつも持ち歩いてるから……」

「五万払うけど」

哲二の言葉に、酒井が目を輝かせた。

「──五万円?　本当ですか」

「今払うよ」

哲二は札入れから五万円出して、酒井に渡した。「先払いだ。頼むよ」

「了解しました」

金をポケットへねじ込んで、すっかり酒井は上機嫌になっていた。


「実は、殺されたんです、義母が」

と、直井みすずは言った。「──ここのスパゲティ、おいしいですね」

丘久美子は食べていた手を止めて、しばらく向いの席のみすずを眺めていたが……。

「――今、何て言ったんですか？」

「ここのスパゲティがおいしいって――」

「いえ、その前に……。何か『殺された』とかって言いませんでした？」

「ああ。そうなんです。主人の母親が」

みすずが、あんまり当り前の口調で話すので、

「びっくりだわ！　本当に？」

と、久美子は念を押した。

「ええ。ＴＶのニュースでもやってました。見ませんでした？　私は愛衣がいるので先に帰宅しましたけど、主人はずっと付き添っていたので、ＴＶにも映ってましたわ」

「知らなかった！　でも、どうしてそんなことに？」

「分りません」

と、みすずは首を振って、「まだ警察から遺体が戻らないんです。検死……とかいうのをやるそうで」

「ああ……。そうなんですか」

「戻ったら、お葬式をやらないと。でも主人は放心状態で、会社も休んでいます」

「まあ……」

――久美子は、みすずから事件の詳しいことを聞くと、

「そういうお義母《かあ》さんだったんだから、他にも色々恨まれてたんじゃないですか?」

と言った。

「分りません。大体あんまり外へ出ない人でしたから」

みすずは淡々としていた。「きっと、家の中ばかりにいたので、私をいじめるくらいしか楽しみがなかったんです」

「そんなものですかね」

——丘久美子と直井みすずは、ランチを一緒にとっていた。

今日は久美子も休みの日だ。

「ああ、おいしかった!」

と、みすずは皿をきれいに空にすると、「またこんなお店に連れて来て下さい」

「ええ、もちろん」

久美子はコーヒーを二つ頼んだ。

「——久美子さん」

「何ですか?」

「あのお店の——店長さんって、あなたの恋人?」

「え? どうしてそれが……」

「分りますよ。結婚してるんですもの」

「はあ……」

「関係を持った男女って、独特の雰囲気があります。私と主人みたいな、冷たい関係でもね」

久美子はちょっと小首をかしげてみすずを眺めていたが、

「——驚いた。みすずさんって、そんなこと言う人じゃないと思ってたから」

「気を悪くしたらごめんなさい」

「ちっとも。——でも、酒井とはもう関係ありません。別れるつもりで、次の仕事を探してるんです」

「それがいいわ」

と、みすずは肯《うなず》いて、「あの人、大した男じゃありませんよ」

久美子は目をパチクリさせていたが、やがて声を上げて笑うと、

「おかしい！　みすずさんって面白い人」

と言った。

みすずも、つられて笑い出していた。

「——今の内に笑っておかなきゃ。家へ帰って、涙にくれてる主人の前で笑ったりしたら、殺されちゃう」

「でも、生活は続くんですものね」

「ええ。主人にも早く会社へ行ってほしいんですけど……。タイミングを見計らってるんです」

「タイミング？」

「ええ。今はまだ無理でしょうけど、あと何日かしたら、主人の中にも、『そろそろ会社に行かないとまずいかな』って気持が起ってくると思います。そこへ、『仕事があなたを待ってるわよ。あなたがいなかったら、会社は動かないのよ』って言ってやるんです。もちろん、そんなことないんですけどね」

「みすずさんって……怖い人」

「私が？」

「ご主人に泣かされてばっかりいるのかと思ったら、うまく操ってるじゃありませんか」

「そんな……。だって、私と愛衣の生活がかかってるんですよ」

と、みすずは当然という口調で、「ちゃんと稼いでもらわないと」

「楽しいわ、みすずさんと話してると」

と、久美子は言った。「また、ぜひお昼をご一緒しましょうね」

俺も楽しいよ。――こんなことを言い出す女だとは思わなかった。

前田哲二も、久美子に同感だった。

あのときとは別人のようだ。

ただショックに怯《おび》え、必死で子供を守ろうとしていた母親。

哲二は、丘久美子のケータイのメールを読んで、直井みすずとの約束を知り、ここへやって来た。

二人の話が聞こえて、顔は見られないように席を選んだのである。

二人が席を立った。

「じゃあ、ちゃんと半分ずつね」

と、みすずは言った。「会計は一つにしておきましょ」

そうだとも、と哲二は思った。

中年の女ばかりのグループが、よく会計のところで、「私はこれとこれ」「私はセットだから」とか、別々に払おうとして、やたら時間がかかってしまうことがある。

哲二はああいうのを見ていると苛々《いらいら》するのだ。

「それぐらい、テーブルでやっとけ!」

と、怒鳴りつけたくなる。

しかし、みすずは自分が一旦《いったん》全部払って、久美子から半分の代金を受け取っていた。

そうでなくちゃ……。

「あ、そうだ」

呑気《のんき》なことは言っていられない。俺も出なきゃ！

哲二は、支払いをすませると、店を出た。

「――それじゃ、また」

「連絡するわ」

「ええ」

「じゃあ……」

と、みすずは手を振って、二人は反対の方向へ歩き出した。

哲二はみすずの後をついて行った。

――この辺は、少し前に来て、周辺を見ておいた。

人通りは、この時間、多くない。

みすずは、足早にバス停へと向っていた。

まだ当分バスは来ない。

そうだ。計算通りだ。

哲二はニヤリと笑った。

「行ったばっかりだわ」

と、みすずはバスの時刻表を見て、ため息をついた。

二十分も待たなくちゃならない。

そう急ぐわけではなかった。時間はある。ただ、バス停といっても椅子もないので、ここでぼんやり突っ立っているのが辛《つら》いだけだ。

タクシーでも拾おうかしら……。

ぜいたくだろうか。でも、それくらいのこと……。

何しろ夫から、母親の代りに死んでいれば良かった、とまで言われたのだ。あのとき、みすずの中で何かが変った。

そうだわ。少しくらいぜいたくさせてもらってもいい……。

タクシーが来ないかと左右へ目をやる。

若い男がこっちへ歩いて来た。バスに乗るのかしら。しばらく来ませんよ、と教えてやろうか。

まあ、そんなこと大きなお世話だろう。

男が、バス停の所で足を止めた。

みすずの斜め後ろに立っている。

あ、タクシーだわ。

ちょうど、空車がやって来た。みすずは手を上げて停めると、乗り込もうとした。

「一緒に乗ろうぜ」

と、耳もとで声がして、みすずはびっくりして振り向いた。

「あの――」

「忘れたかい、俺の顔を」

みすずは、息がかかるほど間近に、あの強盗犯の顔があるのを見た。

「乗れ」

みすずは、脇腹に硬いものが押し当てられるのを感じた。

「あの……」

「あの爺《じい》さんと同じ目にあいたいか？」

みすずは黙ってタクシーに乗った。男が続いて乗って来ると、座席に落ちついて、

「この道をずっと真直ぐ行って、駅の少し手前で左折してくれ」

と言った。

タクシーが走り出す。

一体どこへ行こうとしているのか、みすずには全く分らなかった……。

9　心の闇

なかなか相手は出なかった。

片山は、ケータイをちょっと眺めて、

「かけ直すか」

と呟《つぶや》いて、切ろうとした。

そのとき、

「もしもし」

と、女性の声が聞こえた。

「あ、直井みすずさんですか。警視庁の片山です」

「どうも……。すみません、ちょっと手が離せなかったものですから」

「今、大丈夫ですか？　かけ直しましょうか？」

「いえ、もう用は済みましたから」

「そうですか。あの――直井ミツ子さんのご遺体ですが、検死が終りましたので」

「ありがとうございます。どうすればよろしいでしょう？　引き取りに行くのでしょうか」

「そうお願いできれば。そちらのご準備もあるでしょうから、ご連絡いただけますか」

「分りました」

「詳しいことは、係の者からご説明します。お電話しても？」

「あ……。今、外にいますので、できれば夕方に」

と、みすずは言った。「愛衣を幼稚園に迎えに行くものですから、少し遅めに」

「分りました」

片山は少し間を置いて、「捜査は続けていますが、お義母《かあ》さんの親しくされていたお友だちなど、ご存知ありませんか」

「義母の友人ですか……。私にはそういう話はしてくれなかったので」

「では、ご主人なら何かご存知ですかね」

「私よりは……。でも、主人はあれ以来ずっと会社を休んで、放心状態なんです。お役に立てるかどうか」

「そうですか……」

「母親の葬儀となれば、少しはしっかりすると思います。訊《き》いておきます」

「よろしく。——お通夜と告別式の日時が決りましたら、知らせていただけますか」

「かしこまりました」

「ではよろしく」

「わざわざ恐れ入りました」

片山は通話を切ると、

「もの静かな奥さんだな」

と、そばの石津刑事へ言った。

「晴美さんも、結婚したらもの静かな奥さんになるんですかね」

「まさか」

と、片山は苦笑して、「あんな姑《しゅうとめ》に黙ってると思うか？」

「いえ、たぶん……」

「その前に亭主を叩《たた》き出してるかもしれないな」

と、片山は言って、ふと思った。

直井みすずは、「外にいる」と言ったが、ずいぶん静かだったたな。どこにいたんだろう
……。

「誰だ」

と、前田哲二は言った。

「刑事さんです。殺された義母の事件を調べている方です」

みすずはケータイをバッグへ戻して言った。

「刑事か」

哲二は愉快そうに、「俺のことを教えてやれば良かったのに」

「何て言うんですか。――今、殺人犯とホテルにいます、って？　脅されて、無理に乱暴されました、とでも言うんですか」

「脅されて？」

哲二は笑って、「そのくせ、あざ一つないぜ、お前の体にゃ」

「ええ……。殺されるのかと思って。死体で見付かるなら、せめてきれいな肌でいたいですもの」

哲二は服を着ながら、

「お前は変ってるな」

と言った。

「そうですか」

「ちっとも怖がってるように見えなかったぜ」

みすずは何も言わず、ベッドに裸で腰かけていた。

「――服を着ちゃどうだ。風邪ひくぜ」

「心配してくれるんですか？」

「見てるとこっちが寒くなるんだ」

みすずが笑った。哲二は面食らって、

「何がおかしい」

「私、結婚してるんですよ。子供もいるんです。主人に裸にされるのは慣れてます」

「そりゃそうだろうが……」

「でも、愛衣を身ごもってから、ずっと主人は私に手も触れません」

みすずは立ち上ると、「シャワーを浴びて来ます」

「ああ……」

「本当に殺さないんですね。私のこと」

「殺さないよ」

「シャワー浴びてて、いきなり殺されるんじゃ、いやですものね」

みすずの裸身がバスルームへ消える。

哲二は呆《あき》れて、

「妙な女だ」

と呟いた……。

——タクシーで、このホテルまで連れて来たとき、哲二はみすずがすっかり諦《あきら》め切ったように、逃げる素振りも見せないので、少し当惑した。

部屋へ連れ込み、服を脱がせたときも、みすずはまるで他人事《ひとごと》のように、ぼんやりと天井を見上げているばかり。

恐怖で動けないとか、そんな様子でもなかった。

そして哲二に抱かれている間は、何も感じないという顔で、目をつぶっていた。

哲二としては、泣いて哀願する女を、力ずくでものにするというイメージだったのだが……。

十五分ほどして、みすずはバスローブをはおって出て来た。

「あなたはいいんですか」

と、哲二に訊く。

「俺はいい。面倒だ」

「そうですね。奥さんがいるわけでもないんでしょ」

みすずはソファに座って、「──私って、これで共犯者なのかしら」

「共犯じゃないが、俺の顔を見てるのに、警察に言わなきゃ、やっぱり罪になるだろうな」

と、哲二は言った。「それとも、本当は話したのか？」

「いいえ。──今さら、見ましたなんて言えません」

「どうして黙ってた」

みすずは初めて哲二の顔を真直ぐに見た。

「時間が惜しかったんです」

「時間？」

「主人の母親の所へ、一分でも早く行きたかったんです」

「それは――さっき言ってた、殺されたっていう女のことか」

「ええ。私をいじめて、私が泣くのを見て楽しんでたんです。――主人と一緒に」

哲二はそれを聞くと、黙って顔をそむけた。

「――どうかしたんですか」

「何か飲むか」

と、哲二は冷蔵庫を開けたが、「それとも、ここを出て、どこかで一杯やって行くか」

みすずの方が戸惑う番だった。

「俺のお袋も、親父の母親にいつもガミガミ言われて泣いてたな」

小さなスナックでビールを飲みながら、哲二は言った。

「そうですか」

みすずはジンジャーエールを飲んでいた。「出て行くとか、考えなかったんですね」

「手に何の仕事も持ってなかったしな」

「じゃ、ずっと我慢して？」

「俺が中学生のとき、家に帰るとお袋が苦しがって寝てた。俺は親父の会社に電話して、すぐ帰って来て、と言った」

「それで？」

「親父は、旅行から帰る母親を駅へ迎えに行って、夜になってから帰って来た。――俺は一一九番して救急車を呼んでお袋を病院へ運んでもらってた。親父は、俺をほめるどころか、『近所にみっともない！』と言って俺を殴った」

「まあ……」

「カッとして、俺は包丁で親父を刺した」

みすずはじっと哲二を見つめていた。

「大した傷じゃなかったが、それで俺は鑑別所送りだ。――もう家には帰らなかった」

「お母様は？」

「さあ……。どこかへ姿を消して、それきりさ」

みすずは腕時計を見て、

「もう幼稚園にお迎えに行かないと」

と言った。

「そうか」

みすずは財布を取り出した。

「自分の分だけでも……」

硬貨をテーブルに置くと、みすずは立ち上った。

哲二はちょっとためらって、

「今日は……悪かったな」

と言った。

「いいえ」

みすずは首を振って、「また会って下さい」

「いいのか？」

「お話ししたいわ、また」

みすずはそう言うと、身をかがめて、素早く哲二にキスしてから、スナックを出て行った……。

一人、スナックに残った哲二は、ビールを飲もうとして、もうグラスが空になっていたのに気付いた。

「いつの間に飲んだんだ？」

と、自分で呆れて呟《つぶや》く。

「おい、ビール――」

もう一杯、と頼もうとして、気が変った。

哲二は支払いをしてスナックを出た。

夕方になって、辺りは暗くなりかけている。風はもう冬の気配だ。

「あいつ……。間に合ったのかな」

と、哲二は呟いた。

直井みすずが、「幼稚園に子供を迎えに行く」と言っていたからだ。

どうした？　俺は、少しおかしいぞ。

哲二は歩き出した。——何だって、あの女の「お迎え」のことなんか心配するんだ？

哲二は、自分の思惑がまるで違う方向へとずれていってしまったことを認めないわけにはいかなかった。

あの女を力ずくでものにして、裸の写真でも撮って、

「黙ってないと、この写真を亭主の会社にでも送りつけてやるぞ」

と、脅すつもりだった。

それなのに……。

大体、みすずの方に、しゃべる気がなかったのだ。そして心の奥深いところで、あの女もまた、傷ついていることを感じた。

「みすず、か……」

女の名前を呟くと、哲二はなぜかずっと前から彼女のことを知っていたような気がした

……。

「ただいま」

と、みすずは玄関を入って、「――あなた？」

居間を覗《のぞ》くと、夫がソファでだらしなく口を開けて眠りこけていた。

「パパ、寝てる」

と、愛衣が愉快そうに言った。

「そうね」

TVが点《つ》けっ放しになっていて、リモコンはソファから床へと落ちていた。

横になって、チャンネルを変えながらTVを見ている内、眠ってしまったのだろう。

みすずはリモコンを拾うとTVを消し、

「あなた……。起きて」

と、夫の体を揺さぶった。

直井は目を覚まして、

「ああ……。俺はどうしたんだ？」

と、体を起す。

「お疲れだったんでしょう」

「そうか。——そうだな」

TVを点けっ放しにしていたことには気付かない様子で、「お袋のことを色々思い出してる内に、ついウトウトした……」

「夢でお義母《かあ》様に会えて？」

と、みすずは言った。「ちょっと遅くなったので、おかず、デパートで買って来たわ。ご飯、温めればすぐ食べられるけど」

「ああ、食べよう。——いつまでも悲しんでちゃ、お袋も喜ばない」

「ええ、そうよ」

みすずは、夫が空腹なのに気付いていた。——母親の死後、

「食欲がない。——やっぱりお袋のことがあったし……」

と、あまり食べずにいた。

初めの内は本当だったかもしれないが、それはすぐに「演技」になっていた。

「母親を失って、悲嘆にくれる息子」を演じることで、みすずが「悲しんでいない」ことを当てつけていたのだ。

しかし、食事を作るのはみすずの仕事。

「早く飯にしてくれ」

と言えないので、直井はお腹を空《す》かしていたのだ。

実際、直井の好きなおかずをデパートで買って来たので、愛衣が、

「パパ、そんなにお腹空いてたの？」

と言うくらいの勢いで、直井はご飯も三杯食べてしまった……。

「――今日、警察から電話があったわ」

と、みすずは言った。「もうお義母様を引き取っていいそうよ」

「そうか……」

「お葬式とお通夜、いつにしましょうか」

「そうだな……」

「それにあなた、会社の方がご焼香にみえるでしょう？　ずっと会社お休みしたままじゃ、良くないんじゃないかしら」

「ああ……。そうだな」

「ね、あなたも辛《つら》いでしょうけど、お義母様の葬儀をきちんとやってさし上げるためにも、会社へ行った方がいいわ」

「それもそうだ……。まあ、行っても仕事する気になれるかどうか分らないけどな」

「それでも、顔を出しておくだけで違うわよ。きっと、皆さんも心配してらっしゃるわ」

「そうかな。――うん、それはそうだ。心配かけちゃいけないな」

直井は、ホッとした表情をしていた。

みすずは、笑みが浮かびそうになるのを、何とかこらえた。

直井は、自分でもそろそろ出社しなくては、と思っていたのだ。しかし、そのきっかけを見付けられなかった。

今、みすずの言葉で、直井はうまいきっかけを手にしたのである。

「分った。じゃあ明日《あした》から行こう」

「それがいいわ。ちゃんと上司の皆さんに挨拶《あいさつ》してね。そのときに、お通夜と告別式の日取りをお知らせした方がいいわ」

「ああ、そうか。いつにするかな」

「日を見ないと。——待って」

みすずは立って行って、手帳を取って来た。

「〈友引〉はだめなのよ。この辺はどうかしら?」

言い方こそ控え目だが、結局みすずが決めることになっていた。

食事が終ると、直井は、

「おい、ワイシャツ、出しといてくれ」

と、声をかけた。

「分りました」

——みすずは、おかしかった。

結局、夫はみすずの言う通りにしているのだ。

「愛衣ちゃん、お風呂《ふろ》ね」

と、みすずは言った。

「おい」

と、直井が言った。「明日、あんまり派手なネクタイしていくとおかしいかな」

「そうね。——普通でいいんじゃないの？　お葬式ってわけじゃないんだし。ブルーのか何かで。あったでしょ、ブルーのストライプ」

「ああ、そうだな……」

直井は洋服ダンスを開けて、「ええと……。どれだっけ」

みすずはタッタッとやって来ると、

「ほら、これ。——まだ新しいし、しわもついてないわ」

「ああ、そうか。じゃ、これにしよう」

「そっちへ掛けとくわね」

「うん……」

みすずは、夫のホッとした様子を見て、思った。

この人は、結局こういう人なのだ。母親の言うなりにして来て、その母親がいなくなったら、今度は散々いじめて来た妻の言う通りにする。自分では何一つ決められない人間なのだ……。

私は、こんな男にびくびくしていたのか。こんな男のために泣いていたのか。

みすずは風呂にお湯を入れながら、今日、何時間か前にホテルでシャワーを浴びていたことを思い出していた。

夫に向って、

「今日、私はもうお風呂に入ったからいいわ」

とでも言ってやったら。

「昼間、男と二人でシャワー浴びたから」

とでも……。

夫はどうするだろう？　怒って殴るか。

いや、きっと夫は、

「そうか……」

とだけ言って、それ以上は何も考えようとしないだろう。

こんな男に、私は一生付合って、面倒を見て暮すのかしら？　愛衣が家にいる内はまだいい。愛衣が家を出たら……。

この男と二人きりで、一体何十年生きることになるのだろう……。

「――おい、電話だ」

と、夫が顔を出して、「警察の人だ。出てくれよ」

「あなた、聞いといてよ」

「だけど……。お前の方が分るだろ。出てくれよ」

「分ったわ。待って」

一旦《いったん》お湯を止めると、みすずはお風呂場を出た。

10　心変り

「どうしたのよ、連絡もしてくれないで」

と、浅倉綾はむくれていた。

「色々大変だったんだ」

直井英一はちょっと顔をしかめて言った。

「分ってるだろ、そんなこと」

「もちろん知ってるわよ。でも……」

「やっと通夜と告別式の日取りが決ったんだ。すべてが終るまでは、元の生活に戻れないよ」

「だけど――」

と言いかけて、浅倉綾は何とか言葉を呑《の》み込んだ。

「打ち合せがある。先に行くよ」

直井が席を立って、喫茶店を出て行く。

「何よ！」

と、綾は口に出して言った。「マザコン男！」

――昼休みはまだ二十分ほどあった。

久しぶりに出社して来た直井へ、綾はメールで〈お昼を一緒に！〉と誘ったのである。

しかし、直井は遅れてやって来て、

「もう軽く食べたよ」

と、当然のように言った。「何か用かい？」

綾は頭に来ていた。

確かに、母親が誰かに殺されたというのだからショックだったのは分る。しかし、もう一週間もたっているのだ。いい加減立ち直っているだろうと思っていた。

いや、今の直井の様子は、「悲しみにくれている」という風ではなかった。ただ、綾にあまり関心がないという感じだったのである。

「そんなこと……。あるわけないわ」

と、綾は呟《つぶや》いた。

そうよ。あの人は私に夢中なんだもの。今はまだ――たぶん、自分を取り戻してないんだわ。

そう自分に言い聞かせて、綾はコーヒーを飲んだ。サンドイッチの残った二切れを食べてしまうと、そこへケータイにメールの着信音があった。

誰だろ？

見たことのないアドレスで、発信者名は〈あなたの友人〉となっている。

ちょっといやな予感はあったが、本文を読む。

〈あなたは、恋人の母親を殺したと疑われています。刑事があなたを監視していますよ〉

——綾は啞然《あぜん》として、

「馬鹿げてる！」

と言った。「いたずらだわ！」

私が？　私が殺したって？

冗談じゃないわ。私がいくら直井を好きだって、人殺しまでするわけないじゃないの！

ケータイをポケットへ入れ、

「あの人、自分のコーヒー代も置いてかなかったわ……」

と、文句を言いつつ、伝票を手に立ち上った。

レジで支払いをして、おつりを小銭入れに入れると、喫茶店を出ようとして、ふと振り返った。

入口近くに座っていた男が、一瞬綾と目が合うとパッと目をそらした。

あれは？　ただの偶然？

綾は表に出た。

まさか……。本当に刑事が？

そんなはずないわ！――綾は会社のビルへと足早に歩き出した。


「どうも、これまでのところ、目撃証言が得られていません」

と、片山は言った。「ああいう場所ですから、何か見ていても、進んで証言してくれないとも言えますが……」

「そうですか」

直井英一は淡々と、「母に敵がいたとはどうしても思えないんですが……」

「ただ、親しいお友だちなどに、何か話されているかもしれません。お母様のお友だちを教えていただけませんか」

「少しお待ち下さい」

直井は応接室を出ると、席へ戻ろうとして、ちょうど表から戻って来た浅倉綾と出会った。

「すまないけど、応接のお客にお茶を出してくれないか」

と、声をかけた。

浅倉綾は足を止め、「知るもんですか！」と言ってやろうとした。

　しかし、ここは会社の中だ。

　直井に向ってそんな口をきけば、誰かが聞くだろう。

　綾は仕方なく、

「分りました」

　と、愛想のない声で言った。「何人ですか？」

「お客は一人だよ。だから僕と二人」

「はい」

　綾は受付の方へと戻って、給湯室に入ると、お茶の仕度をした。

「私、やりましょうか？」

　受付の子が顔を出して言った。

「いいわ。私、出すから」

　と、綾はお湯を注ぎながら、「お客様って誰？　知ってる？」

「刑事さんですよ」

「刑事？　――警察の人？」

「ええ。直井さんのお母さんが殺された件でしょ。でも何だかヒョロッとした頼りない感じの人ですよ」

「そう……」

まさか。——まさか、私に会いに来たわけじゃないわよね。

綾は盆を手に応接室へ行った。

「失礼いたします」

中へ入ると、刑事はケータイを使っていて、

「——もしもし片山です。——ええ、承知しています。——そうですか」

綾はお茶を置いて立ち去ろうとしたが、ふと思い直して振り返った。

「片山さんっておっしゃるの」

と、綾が言うと、

「え？」

「刑事さんですってね」

「ええ、まあ……」

「私、浅倉綾といいます」

「——片山です」

と、面食らっている様子。

「私のこと、ご存知？」

「さあ……」

「殺された直井さんのお母さん、犯人の見当はついたんですの？」

「いや、捜査中ですよ」

「私も容疑者の一人かしら」

「あなたが？　どうしてです？」

「私、直井さんの愛人なの」

片山は目を丸くして、

「――そうですか」

「直井さんの奥さん、知ってる？」

「みすずさんですね。知っています」

「私も会ったことあるわ。あの人の働いてるスーパーにね、見に行ったの」

「そうですか」

「ついでに挨拶《あいさつ》して来た」

「つまり――みすずさんもあなたのことを知ってる？」

「ええ」

片山は少しの間、綾を眺めていたが、

「面白い人ですね」

と言った。

「そう？　でも直井さんは私のことなんか話さないでしょうから」

「ごていねいに……」

「どういたしまして」

綾は、ちょっとかしこまって、「失礼いたしました」

と、一礼して応接室を出た。

ちょうど直井が戻って来る。

「お茶、お出ししときました」

「ありがとう」

すれ違った直井をちょっと見送って、綾はクスッと笑った。

席に戻ると、パソコンにメールが届いていないか見る。

——どうしてあんなことを言ったんだろう？　刑事に、わざわざ疑われかねないことを言うなんて。

でも、大したことじゃないわ。私が殺したわけじゃないんだもの。

「そうよ」

と呟《つぶや》いた綾は、パソコンに来ているメールを見て行ったが……。

「——何、これ」

そのアドレスに見覚えがあった。

急いでケータイを取り出し、アドレスを見る。——さっき、あのメールをよこしたのと同じ人間からだ。

〈あなたの友人〉という発信者名も同じ。

しかし、本文は違っていた。

〈ケータイのメールは読みましたか？

あなたは罪を犯したのです。貞淑な女性の夫を誘惑し、彼女を苦しめたことは赦《ゆる》されません。

あなたは直井ミツ子を殺した罪を負って死ぬべきです〉

綾はゾッとした。

さっきのケータイへのメールは、ただのいたずらのようにも見えたが、このメールには悪意を感じる。しかも綾に〈死ぬべき〉とまで言っている。

「冗談じゃないわ」

と、思わず呟いていた。

「──どうかしたの？」

と、綾の言葉を聞いて、隣の女子社員が訊《き》いた。

「いえ、何でもないの」

綾は急いでそのメールを画面から削除した。完全には消していないが、ともかく仕事で使っているパソコンだ。誰が覗《のぞ》くか分らない。

でも——私のことを恨んでる人間？

そう考えれば、あの女——直井みすず？

まさか。あんな生気のない女に、こんなことはできないだろう。

机の電話が鳴った。

「——浅倉です」

「ああ、直井だけど」

こんな電話で！　謝るつもりだろうか。さっきは悪かった、とでも。

「木曜日の夜だけど」

「はい」

「母親の通夜で受付をやってくれ。頼むよ」

「あの——」

「金曜日の告別式もね。詳しくは庶務に訊いてくれ」

直井はそれだけ言って、切ってしまった。

受話器を手にして、綾の顔は怒りで赤くなっていた。しかし、社内で怒るわけにいかない。

憶《おぼ》えてらっしゃい！　後悔させてやるから！

心の中だけで悪態をついて、綾は受話器を何とか静かに戻した……。

「ああ、片山さん」

石津は待ち合せた喫茶店でカレーを食べていた。

「何度目の昼食だ？」

と、片山は言った。

「いえ、早目の夕食です」

「同じだろ」

片山はコーヒーを頼んで、「聞き込みは？」

「あの辺一帯、回りましたが、誰も見ていませんね」

ホテルを利用した客は見たかもしれないが、あの辺に住んでいるわけではない。

「そうか……。厄介だな」

「片山さんの方は？」

「直井英一に訊いて、殺された母親の通ってたカルチャースクールの知人を教えてもらったよ」

と、手帳をめくる。

「何か出てくるといいですね」

「そうだな。——知人といっても、そんなに親しかったわけじゃなさそうだ」

しかし、思いもかけない所から役に立つ情報がもたらされることがある。望みは捨てないことだ。

「――あの強盗殺人の方は、何か分ったのかな」

と片山は言った。

「訊いてみましたが、あっちも行き詰ってるようです」

あの雑貨店の大塚秀治が撃たれて殺された事件だ。孫の大塚信吾に話も聞いたが、その後直井ミツ子が殺され、片山たちは強盗殺人の捜査から外れていた。

「片山さん、この二つの事件って、関係ないんですかね」

さっさとカレーを食べ終えて、石津が言った。

「俺もそれは考えた」

と、片山はコーヒーを飲みながら、「しかし、直井ミツ子はあの強盗殺人と全く関係ないしな」

「そうですね。直井みすずは、たまたま強盗の現場に居合せただけですからね」

「うん……。みすずは強盗に出くわして、その後、義母を殺されて……。ツイていないってことだな」

いや、ミツ子の死は、むしろみすずにとって解放だったろう。しかし、みすずにミツ子は殺せなかった。

「まあ、二つの事件が関連してるとは、とても思えないな」

と、片山は言った。「そうそう、直井ミツ子の通夜と告別式の日取りが決った。誰が来るか分らないからな。顔を出そう」

「分りました」

——二人は、喫茶店を出て、地下鉄の駅の方へと歩き出したが、そこへ、

「刑事さん！」

と、女性の声がした。「片山刑事さん！」

道の向いで、片山の方へ手を振っているのは、さっきお茶を出してくれた浅倉綾だ。

「片山さん、知り合いですか？」

と、石津が言った。

「直井の会社の女性だ。——何か話がありそうだな」

横断歩道の信号が青になって、浅倉綾は小走りに道を渡って来たが——。

白い乗用車が、信号待ちしている車の傍《そば》をすり抜けて走って来た。赤信号なのにスピードを上げている。

「危い！」

と、片山は叫んで、とっさに石津の背中を押していた。「飛びつけ！」

わけが分らないまま、石津は二、三歩で浅倉綾へ飛びつくと、彼女をヒョイと抱えて、

そのまま突っ走った。その瞬間、白い車は風を巻き起す勢いで横断歩道を突っ切って行った。

「──大丈夫か！」

片山は駆け寄って、「あの車、あなたを狙ってたんでは？」

石津が綾を下ろす。

「私……はねられるところだったんですか？」

「たぶんね。──車のナンバーが見えなかったな。ともかく歩道へ」

綾は膝《ひざ》が震えて、石津にしがみつくようにして、歩道まで辿《たど》り着いた。

「──どうしたんです？」

「私……本当なんだわ！　あのメール」

綾は真青になっている。

「メール？」

「私に『死ね』って……。私を殺そうとしてる！」

「落ちついて下さい」

「助けて！」

綾は、必死の形相で石津に抱きついた。

石津が目を白黒させている。

「大丈夫ですよ」

と、片山はなだめた。「それより、そのメールの話をしようとして、僕を呼び止めたんですか？」

「ええ……。何だかゾッとするようなメールで」

「話を聞きましょう。——その前に、石津刑事の腕を離してやってくれませんか？」

11　通夜の客

香の煙が立ちこめて、目に少ししみる。

——これって、きっと生活の知恵なんだわね、とみすずは思った。

煙が目にしみる、って歌もあったっけ。

誰の葬式だって、その人の死を悲しむ人間ばかりとは限らない。ホッとしている人も、中には喜んでいる人だっているだろう。

でも、香の煙が目にしみて、みんなハンカチで目を拭《ぬぐ》ったりする。それは「見た目には」死者のことを思い出して泣いているかのようだ。

愛衣が、みすずの隣の椅子で足をブラブラさせていたが、

「ママ、おしっこ」

と言った。

「はいはい」

みすずも、正直少し腰が痛くなっていた。

「あなた。ちょっと愛衣をトイレに連れて行きます」

と、夫に小声で言った。

「ああ、分った。——疲れたろう。少し休んで来なさい」

直井は、母の通夜の席だからか、いつになく優しくなっていた。

「行きましょ」

愛衣の手を引いて、通夜の式場から傍《かたわら》の廊下へ出る。

通夜も、明日《あした》の告別式も、この斎場で行われる。今は、自宅での通夜はほとんどないらしい。

みすずは黒いスーツだった。——少し冷える夜で、式場の入口は開けてあるので、どうしても寒くなる。

真新しい斎場で、みすずは、自宅からこんな近くにこれが建ったことを知らなかった。

トイレもきれいで、子供たちのことを考えてか、動物たちのマンガが壁に描かれている。

トイレを出て、みすずと愛衣は控室へ入った。——ガランとして、誰もいない。

テーブルと椅子。お菓子とポットに入ったお茶が置いてある。

「食べる?」

「うん」

愛衣は、かごに盛ったお菓子をつまみ始めた。

みすずは湯呑《ゆの》み茶碗《ちゃわん》にお茶を注いだ。まだ充分に熱い。

お茶を一口飲んで、ホッとする。

「――失礼します」

と、控室を覗《のぞ》いたのは――。

「あ、片山さん」

みすずは立ち上って、「わざわざどうも」

「いえ、座っていて下さい」

と、片山は入って来ると、「表にいましたが、少し寒くてね」

「お茶、どうぞ」

「あ、自分でやりますから」

片山は椅子にかけて、「――お焼香にみえているのは、ほとんどご主人の会社の方のようですね」

「ええ。義母はあまり人付合いのいい方じゃありませんでしたから」

と、みすずは言った。「何か犯人の手がかりは見付かりまして?」

「いや、困ってるところです」

と、片山は素直に言った。「ところで――ちょっとお訊《き》きしたいことが」

「何でしょう?」

片山は、お菓子を一心に食べている愛衣の方へ目をやって、

「いえ、後で改めて」

と言った。「受付の所へ戻ります」

「大丈夫です。――愛衣ちゃん、パパのおそばに座ってて」

「うん」

愛衣はもう一つお菓子を頬ばってから、駆けて行った。みすずは微笑んで見送ると、

「私みたいな母親の下で、よくあんなに元気で素直に育ってくれたと思いますわ」

と言った。

「いいお母さんじゃありませんか」

片山の言葉に、みすずはちょっと頬を染め、

「片山さんにそんなことを言っていただくと……」

「実は――あまり面白くない話題かもしれませんが」

と、片山は言った。「今夜、受付に立っている、浅倉綾という女性、ご存知ですか？」

「ええ。――主人の彼女ですね」

「知ってたんですか」

「だって、わざわざ私の所に来て、そう名のったんですもの」

「事実だったんですね」

「私、別に腹も立ちませんわ。あんな主人のどこがいいのか分りませんけど、相手をしてくれてありがたいくらいです」

と、みすずは平然と言った。

「そうですか。実は――」

片山が、浅倉綾に届いたメールと、危うく車にはねられるところだったことを話すと、

「まあ……。石津さんも大丈夫だったんですか？」

「ええ」

「良かったわ。あんな女を助けるために、石津さんがけがでもされてはお気の毒ですものね。あの女は自業自得ですけど」

「そんなメールを送る人間の心当りはありますか？」

「いいえ。でも、主人のことですから、あの女との仲も社内で知れ渡ってたでしょうね」

「まあ確かに……」

「別に、あの女に何があっても同情はしませんけど、まだ二十代でしょう。早々に主人と別れて、他の所でやり直せばいいのにと思いますわ」

片山は、みすずの落ちつき払った様子と口調に、少し驚いた。――みすずは変った、と思った。

なぜこんなに変ったのか、見当がつかなかったが。

「──私も戻ります」

と、みすずは立ち上った。

「すみません」

みすずは、夫の隣の席へ戻って、小声で言った。「刑事さんと話してました」

「ああ、いいよ。もうそろそろ終りだろう」

直井はチラッと腕時計に目をやった。

「ありがとうございます」

受付の方で、声がした。

あの女の声だわ、とみすずは思った。

「部長だ」

と、直井は小声で言った。

でっぷり太った男と、その後に秘書らしい女性が黒いスーツで続く。そして、もう一人
──。

みすずは息を呑んだ。

黒いスーツとネクタイで入って来たのは、前田哲二だったのだ。

何て無謀なことを！

みすずは動揺を顔に出すまいと、深呼吸した。

しかし、前田哲二の方は、至って神妙な様子で、焼香に並んで立っている。みすずの方へは目を向けなかった。

みすずは、愛衣の方をチラッと見た。

哲二があの店で老人を殺したとき、愛衣もその場にいたのだ。——どうだったろう？

みすずは思い出そうとした。

そうだ。愛衣が怖がって泣き出し、哲二が苛立《いらだ》って怒鳴った。

その後、みすずは、愛衣を抱きしめていた。

老人が哲二の顔からサングラスとマスクをはぎ取ったとき——愛衣は見ていただろうか？

愛衣に訊いたことはない。たぶん、泣きじゃくっていたのだから、哲二の顔を見ていないだろうが……。

「——部長、わざわざどうも」

と、直井が礼を言った。「これは家内です」

「この度は……」

部長は型通りに挨拶《あいさつ》して、帰って行った。ついて来た秘書もそれについて出て行く。

哲二が、ていねいに焼香して手を合せている。直井が戸惑っているのを、みすずは感じた。

　哲二は直井の前へやって来ると、

「この度はご愁傷さまでした」

　と、頭を下げた。

「ありがとうございます」

　と、直井は言って、「失礼ですが、母とはどういう……」

「お母様には大変親切にしていただきました」

　と、哲二は言った。

「そうですか……」

「私が道で具合が悪くなったとき、お声をかけていただきまして。お宅で休ませていただいたんです」

「そうでしたか。そんなことが……」

「温かい飲物などをいただいて、おかげさまで元気になりました。――そういうご親切を吹聴《ふいちょう》されない方だったのですね」

「いや、その話を伺って、嬉《うれ》しいです。みすず、知ってたか？」

「いいえ」

「奥様でいらっしゃいますか。突然お伺いして申し訳ありません」

「では これで」

哲二はもう一度頭を下げて出口へ向う。

「――いや、びっくりしたな」

と、直井は上機嫌だった。

「あのお兄ちゃん、誰だっけ」

と、愛衣が言った。「声、聞いたことある?」

みすずはヒヤリとした。

「さあ、どうかしらね」

みすずは夫へ、「今の方のご住所、訊いて来るわ」

「ああ、そうだな。受付になかったら、訊いといてくれ」

みすずは、斎場の外の受付へと出た。

記帳欄には、〈本田《ほんだ》克二《かつじ》〉と書かれている。これがそうだろう。住所はない。

みすずは、小走りに通りへ出て、左右を見渡した。――もう行ってしまったのか。

いきなり腕をつかまれてびっくりした。

「あなた……。こんな所に……」

「見たかったんだ。喪服姿のあんたを」

「どうかしてるわ！　刑事さんも来てるのよ」

「そうか」

哲二はいきなりみすずを抱き寄せて唇を奪った。みすずは体を固くするだけだった。

「──俺にもよく分らない」

と、哲二は言った。「どうして自分がこんな真似をしてるのか。だが、ともかくあんたの前で、無茶をしてみたいんだ」

「あなた……」

みすずは自分から哲二の頭を引き寄せてキスすると、「ああ……。こんな気持になったの、初めてだわ」

と、息を吐き出した。

「また会えるだろ？」

「そうね。会わずにいられないと思うわ」

「俺もだ」

哲二が激しくみすずを抱きしめる。

「──お願い。もう行って！　危いわ」

「うん」

そのとき、タクシーが一台走って来て、ライトが二人を照らした。二人は素早く離れた。

「それじゃ」

「どうも……」

みすずは、帰って行く哲二に頭を下げた。

タクシーは斎場の正面につけると、ドアが開いた。

「あ、みすずさん」

片山晴美がホームズを抱っこして、タクシーから降りて来た。

「あ、どうも」

みすずは歩いて行って、「わざわざおいでいただいて」

「兄はいます？」

みすずが答える前に、石津が、

「晴美さん！」

と、嬉しそうにやって来た。

「ご苦労さま。兄さんは？」

「今、式場の中です」

「じゃ、私もご焼香させていただくわ。みすずさん、よろしいかしら？」

「ええ、もちろんです。よろしく」

みすずは足早に式場の中へ戻って、夫の隣に座った。

「ええ」

と、小さく肯《うなず》いて、「片山さんの妹さんが」

「追いついたのか」


——見られただろうか？

哲二と抱き合っている姿を。

しかし、今のみすずは、それを大して気にしてはいなかった。

「ご苦労さまでした」

と、みすずは通夜が終ると、受付をしてくれていた夫の社の社員たちに礼を言った。

「明日《あした》、また伺いますので」

「よろしくお願いいたします」

みすずは一人一人に頭を下げて、「浅倉さん……」

浅倉綾は面白くもなさそうな顔で、

「どうも」

と、素気なく言った。

「刑事さんから伺いました。危い目にあわれたとか。おけがはありませんでした？」

と、みすずは淡々とした調子で訊《き》いた。

「ええ、何とも」

と、綾は肩をすくめて、「あなたには残念でしょうけど」

「まあ、どうして？　あなたが車にはねられたって、少しも嬉しくなんかありませんわ」

「そうですか」

「主人にお話があるんでしたら、奥の控室でお茶を飲んでます」

「そうですか」

綾はちょっと迷ったが、「じゃ、ひと言、ご挨拶《あいさつ》して行きます」

「どうぞごゆっくり。お邪魔はしません」

綾は、みすずの落ちつき払った態度に面食らっていたが、ともかく式場の中へと入って行って、控室を覗《のぞ》いた。

直井が一人、椅子にかけて、お茶を飲みながらお菓子をつまんでいた。

「――何だ、どうした」

と、綾に気付いて言う。

「どうした、もないもんだわ。私に受付やらせるなんて」

「仕方ないだろう。君だけ外せば、却《かえ》って不自然だ」

「まあいいわよ」

と、綾は自分で茶碗《ちゃわん》にお茶を注いで飲んだ。

「おい」

と、直井は呆《あき》れたように、「人が来るぞ」

「もう誰もいないわ」

「しかし、女房が――」

「奥さんが教えてくれたのよ、あなたがここにいるって」

「あいつが？」

「奥さん、どうかしたんじゃない？　おかしいわ、何だか。気味が悪い」

「どうしてだ？」

「勤め先のスーパーに会いに行ったときは、おどおどしてて、真青になったりしてたのに。今は変に落ちついてるじゃない」

「お袋が死んで、気が楽になったのさ」

「それだけじゃないと思うわ」

「何だと言うんだ？」

「私、殺されるところだったのよ」

「何だって？」

直井が目を丸くした。

綾が、脅迫メールと、車にはねられかけたことを話すと、直井は、

「それが、みすずのやったことだっていうのか？　まさか！」

「じゃ、誰だっていうのよ」

と、綾は言い返した。「奥さん以外に、そんなことする理由のある人、いる?」

「しかし……。あいつは免許は持ってるが、ペーパードライバーで、ほとんど運転なんかしたことないんだ。そんな真似、できるわけがない」

「でも……」

「考え過ぎだよ。メールは社内の誰かのいたずらだろ。車は、ただの運転ミスかもしれない」

綾は、こわばった顔でじっと直井をにらんでいたが、

「それがあなたの本音なのね。もう終りってこと?」

「いや、今は時期が悪いだろ。落ちついたら、どこか温泉にでも行こう」

「そう。——分ったわ」

綾はお茶を飲み干して、立ち上ると、「一つだけ頼みを聞いて」

「何だ?」

「キスしてよ、ここで」

「誰かに見られたら……。分った」

直井は椅子をずらして立ち上ると、綾を抱いて唇を重ねた。

綾は自分から激しく抱きついて、

「離さないからね……」

と、耳もとで言った。「絶対に」

ふと、直井の腕の力が抜けた。

綾が振り向くと、みすずが入口に立っていた。

「すみません。お邪魔するつもりじゃなかったんですけど」

と、みすずは淡々とした調子で言った。「ここの方が、もう閉めるとおっしゃってるんで」

「分った」

「じゃ、向うにいます」

みすずはそのまま戻って行ってしまった。

直井は、ちょっと間を置いて、

「確かに、あいつは変ったな」

と言った。

「そうでしょ？　私、殺されるのなんていやよ」

「まさか、そこまでは……。俺も用心する」

「お願いよ。——じゃ、さっきの温泉の約束、忘れないでね」

「ああ」

綾はもう一度直井にキスすると、足早に出て行った。

「もう寝ちゃったわ」

と、みすずは眠り込んでいる愛衣を抱っこして、片山たちの方へ、「お世話になりまして」

と、会釈すると、夫と一緒にタクシーへ乗り込んだ。

タクシーが走り去ると、

「さて、引き上げよう」

と、片山は言った。

「そうね……」

晴美が何やら考えている様子。

「どうした？」

「私がここへ着いたときね、タクシーのライトにチラッとみすずさんの姿が見えたようだったの」

「表でか」

「うん。——誰かと抱き合ってるみたいに見えた」

「あの人が？」

「一瞬のことだったし、抱き合ってたのか、ただ立ち話してただけなのか、どっちとも言えないけど」

晴美も目は鋭い。片山も考え込んで、

「確かに、あの奥さん、ものごとに動じなくなったな」

と言った。「何か原因があるのかもしれない」

「ただ『女は強し』ってだけかもしれないけどね」

と、晴美が言うと、ホームズが足下で、

「ニャー」

と、声を上げた。

12　慣れた道
「おはよう」

と、コーヒーショップへ入って行った丘久美子は、戸惑った。

見たことのない女の子が、久美子のエプロンを着けて、テーブルを拭《ふ》いていたからだ。

入口で立ち止っていると、奥から酒井が出て来た。

「来たのか」

「あの子、何？　新しいバイトの子？　そんな話、してたっけ」

「いや、しなかった」

と、酒井は平然と、「お前の代りさ」

久美子は面食らって、

「代り？」

「お前はもう来なくていい。自分のものがあれば、持ってってくれ」

酒井はタバコに火をつけた。

久美子は、やっと酒井の言葉が冗談ではないと分った。

「クビってことね」

「まあな」

「理由を言ってよ」

「理由なんてないさ。お前よりあの子の方が安い。それだけだ」

「そんなはずないでしょ」

「昨日までの賃金は、月末に払うから、ハンコ持って取りに来い」

酒井は、久美子の方を見ようともしなかった。

久美子は、このところ酒井の誘いを拒み続けていた。それへの仕返しか。

「分ったわ」

久美子は店の奥へ入って行くと、自分で買ったサンダルやタオルなどを、手さげの袋に放り込んだ。

店では、酒井が新人の子にぴったりとくっついて、仕事を教えていた。

声をかけるのも馬鹿らしくて、久美子は店を出た。

「やあ」

と、声がして、振り向くと、自転車に乗った警官だった。

「ああ、どうも」

駅前交番の近藤という巡査だ。

あの事件のとき、駆けつけて来てくれた。

「今日は休み？」

「いいえ。クビになったところ」

「クビ？　どうして？」

「さあ。――店長に訊《き》いて」

と、肩をすくめる。「じゃ、お世話になりました」

行きかけると、

「ねえ、君」

と、近藤が呼び止めた。「ちょっとお茶でも飲まないか？」

久美子が面食らって、

「勤務中にいいんですか？」

「聞き取り捜査だ」

久美子は笑って、

「いいですよ。目立ちそうだな、あなたと二人じゃ」

と言った。

久美子は、近藤巡査と二人、少し離れた場所のパーラーに入った。

「やっぱり目立つな、制服は」

と、制帽を取って、近藤は隣の空いた椅子に置いた。

「そりゃそうですよ」

と、久美子は笑って、「みんなギクリとしますよ。別に悪いことしてなくても」

「そんなもんかな。僕はそう偉そうにしてるつもりはないけど」

「もちろん。近藤さんだからって言ってるわけじゃないですよ。その制服がね」

二人はそれぞれ甘いパフェを頼んだ。

「甘党なんですか」

「うん。酒はほとんど飲めない」

「あら」

「飲むんだよ、みんな。旅行とかに行くと大変だ」

少し間があって、

「――あの犯人、捕まってないんでしょ？」

と、久美子は言った。

「そうらしい。捜査はもう僕と関係ないからね」

と、近藤はあまり関心なさそうで、「ところで、仕事はあるの？」

「いえ、今は……。何しろ、ついさっきクビになったばかりですから」

「あの店長、酒井っていったっけ？　まだ若いんだろ？」

「二十……八だと思います。責任感ないんですよ、ちっとも」

「君と恋人同士かと思ってた」

「え？　まあ……以前はちょっと」

と、久美子は肩をすくめた。

「やっぱりね。そうじゃないかと思ってた」

近藤の言葉に、久美子はちょっと意外な気がして、

「酒井のこと、見てたんですか？」

「いや、君のことを見てた」

と、近藤は言った。「よくあの店の前を通るとき、中で働いてる君を見てた。気付かなかった？」

「全然。――どうしてそんなことを？」

「そりゃ、君に関心があったからだよ」

アッサリと言われて、久美子はどう応じたものか、分らなかった。近藤は微笑んで、

「そう困った顔しないでくれよ。別に君にプロポーズしようってわけじゃない。ただ、可愛い子がいるな、と思ってただけさ」

「そんな……。びっくりしますよ」

と、久美子はやっと言った。「私なんか、どこにでもいる女の子なのに」

「顔だちだけじゃない。働いてるときの姿が美しかったんだ。てきぱきと動いて、テーブルの上を拭いたり、トレイをさげたりする君によく見とれたよ」

「まあ……。ありがとうございます」

「そんな、他人行儀な口きかないでくれよ。年齢《とし》だって、そんなに違わないだろ」

「でも……」

「しかし、あそこを辞めちゃうんじゃ、もう君の姿を見られなくなるね。寂しいな」

久美子は何と言っていいか、分らなかった。

「――そうだ。駅前の商店街の真中辺りに本屋があるだろ」

「ええ。週刊誌、よく買います」

「あそこが店員を募集してるよ。大した給料じゃないかもしれないが、もしよかったら頼んであげる」

「ありがとう……。でも、少し待って下さい。何しろ突然クビになったばかりなんで、先のことまで考えられなくて」

「うん、分るよ。――もし、その気になったら、連絡して」

近藤は名刺のような白いカードを出して、久美子に渡した。ケータイの番号とメールアドレスが書いてある。

「ありがとう」

久美子はカードをバッグへしまった。

パフェを食べ終えると、二人は店を出た。代金は各々が払った。

近藤が払うと言ったのだが、久美子は断ったのである。

「――じゃ、ここで」

と、久美子は言った。

「うん。またね」

近藤が手を差し出す。握手して、別れた。

久美子は、自転車に乗った近藤の姿が見えなくなると、急に体が軽くなったようで、ホッとした。――そのとき、初めて自分が近藤に対して警戒する気持でいたことに気付いたのである。

なぜだろう？　近藤は特に久美子に対して無理なことなど言って来ていない。

それに、何といっても警官である。本当なら好意を持ってくれていることを喜んでもいいのだが……。

しかし、理屈ではなかった。近藤と話していて、久美子はどこか気詰りなものを感じていたのだ。

「――そうよね」

と、久美子は呟《つぶや》いた。「何もこの近くで働かなくたっていいんだもの。そうだわ。どこか全然別の所で仕事を探そう」

そう心を決めると、久美子は気持が楽になって、足早に歩き出した。


午前中の公園は、まだ人気《ひとけ》がなかった。

「――まだ来てないじゃないの」

と、矢吹美紀は、ふくれっつらで呟いた。

もっとも、美紀自身も十五分遅刻である。相手に文句を言えた義理ではなかった。

「でも、少なくとも私以上に遅れてるってことだものね」

そう。こっちは時間通りに来た、と言ってやるのだ。

――モダンな作りの公園で、色々変った形のオブジェが並んでいる。

「中央階段の上よね」

ケータイを取り出して、メールを読み直す。

大塚信吾からメールで、ここで会おうと言って来たのだ。――間違いない。

何度もメールを読み返して、

「うん、大丈夫！」

と、声に出して言った。

美紀は結構うっかり屋なので、待ち合せの時間や場所、時には日を間違えることもある。

「もう二十分たってる」

と、口を尖《とが》らしていると、ケータイが鳴った。

大塚信吾からだ。

「──もしもし」

と出ると、

「ごめん！　急に会議になっちゃってね」

と、大塚信吾は言った。「もう公園？」

「ええ、もちろんよ。とっくに着いてるわ」

と、美紀は澄まして言った。

「本当にごめん！　あと三十分くらいは出られそうもないんだ。そうだな……。今、階段を上った所？」

「ええ、そうよ」

「その広い階段、下りてくと、ティールームがあっただろ？　そこに入っててくれないか」

「いいけど……。本当に出られるの？」

「一時間後には行けると思うよ」

「じゃ、お店で待ってる」

「うん、悪いね」

「いいえ……」

どういたしまして、とでも言ってしまうところだった。

「変ね」

と、首をかしげる。

もともと、一応はサラリーマンをしている大塚信吾が、こうして仕事時間中に待ち合せることと自体が妙だ。案の定、まだ会社だという。

仕方ない。――美紀は長く広い階段を下り始めた。

カタカタと靴音を響かせて、階段を下りて行くと――。

突然、誰かの手が美紀の背中を押した。

「あ……あ……」

腕を振り回したが、持ちこたえられなかった。美紀は長い階段を転り落ちて行った。

そして――ほんの少しの間、美紀は気を失っていたらしい。

気が付くと、階段の一番下の二、三段目に頭を下にして倒れていた。――ああ、どうしたのかしら？

そう。転げ落ちたんだ。この長い階段をずっと下まで。

美紀は、誰かに押されたという記憶があった。背中を押された感覚を、はっきり憶《おぼ》えている。

でも……ともかく起きないと。

体を起こそうとして、美紀は、「アッ！」と声を上げた。足を少し動かしただけでも、脳天まで貫くような苦痛が走る。

骨折したのかしら？　でも……どうしよう？

付近に人の姿はなかった。ティールームまで、ほんの何十メートルかだが、人が出て来なければ、呼んでも聞こえないだろう。

そのとき、美紀は右手にケータイを握っていることに気付いた。大塚と話していて、そのまま手に持っていたのだ。

ふっと思い浮かべたのは、あの片山という刑事の妹だった。三毛猫を連れてた人だ。

「何かあったら、いつでも連絡して」

と、ケータイの番号とアドレスを教えてくれていた。

そうだ。あの人なら……。

倒れたまま、美紀は片山晴美へかけた。

「――はい」

と、すぐに出てくれた。

「あの――片山さんですか」

「矢吹美紀さんね。どうしたの？」

晴美の口調は温かかった。美紀はホッとして、

「突然すみません。今、階段から転げ落ちて……」

「え？」

「足の骨でも折ったのか、動けないんです」

「今、どこにいるの？」

「N公園の中央階段の所です。人がそばにいなくて、動けないんで……」

「分ったわ。N公園の中央階段ね」

「凄《すご》く長くて、高さのある階段なんです。誰かに押されて」

「押された？　いいわ、ともかくすぐ救急車をそこへ行かせるから。話は後で」

「すみません。あ……」

異様な感覚が、下半身にあった。

「どうかした？」

「何だか……おかしいんです。足が……濡《ぬ》れてる」

「美紀さん――」

「出血してる！　血が……」

「しっかりして！　すぐ助けに行くから！」

晴美の声は、怯《おび》えてパニックになりかけた美紀を叱りつけるように厳しかった。

「はい……。怖いわ……」

美紀は震えていた。


何だか——冷たいものが頰に触れて、美紀は目を開けた。

顔を少し動かすと、目の前に三毛猫の顔があった。

「あ……。ホームズ？」

「フニャ」

「なめてくれたんだね」

美紀はベッドに横になっていた。——頭がボーッとしている。

「気が付いた？」

と、はっきりした声が聞こえた。

「ああ……。晴美さん」

「もう大丈夫よ。あなた入院してるの」

「そうなんですね……。何となく、救急車に乗せられたこと、憶えてます」

「ともかく、私に連絡してくれて良かったわ」

「何だか晴美さんのこと、思い出したんです。ご迷惑かもしれなかったけど」

「そんなことないわ！　思い出してくれて嬉《うれ》しかった。ね、ホームズ？」

「ニャー」

きちんと返事をするホームズに、美紀は笑ってしまった。

そして、その「笑い」が意識をはっきりさせたのだろうか。

「晴美さん……。何だか私……下半身が感覚ないんですけど」

と、美紀は言った。

晴美の表情が曇った。——不安が美紀を捕えた。

「私……もしかして……。そうなんですね」

と、美紀は訊《き》いていた。

晴美に訊いても仕方ないことだと分っていても、訊かずにいられなかった。

「ええ」

晴美はベッドのそばに寄ると、美紀の手をやさしく握って、言った。「——残念だったけど、流産したのよ」

「そうですか」

分っていたような気がした。

「まだ若いんだから、大丈夫よ」

と、晴美は言った。

「ええ……」

「――一つ、訊いていい？　あの公園で何してたの？」

「待ち合せてたんです」

と言ってから、「あ、そうだ。大塚さん、来たのかしら」

「大塚信吾？　あの人と待ち合せてたの？」

「そうなんです。――電話して来てるかしら？」

「ケータイ、出してあげるわ」

晴美が美紀のバッグからケータイを取り出して渡した。美紀は着信記録を見て、

「一回だけかけて来てる。でも……それっきりだわ」

「かけてみる？」

「いえ……。メールにしときます」

と、美紀は少し寂しげに、「流産したって分ったら、きっとあの人……」

その先は言わなかった。

晴美は、美紀の手に自分の手を重ねて軽く力を入れて握った。

「お家《うち》の方とか、呼びましょうか？」

と、晴美は訊いた。「左の足を骨折してるから、しばらくは起きられないわ」

「私、一人住いで……。田舎は遠いし、家出みたいに出て来ちゃったんで、知らせても来

てくれないと思います」

「そう？　でも……」

「何とか一人で頑張ります。——あの、入院費用は……」

「立て替えてあげるわ。大丈夫。良くなってから心配して」

晴美は微笑んで見せると、「じゃ、ちょっと用事があるので、今日は帰るわ。二、三日の内にまた来るわね」

「ありがとうございました」

晴美が病室を出て行くときに振り返ると、美紀は気丈に笑顔で手を振っていた……。

「——怪しいわね」

と、晴美はホームズに言った。「あの子は考えてもいないようだけど、あの大塚信吾が突き落としたのかもしれない。——そう思わない？」

ホームズは何も言わずに出口へと歩いていた……。

13　湯気の奥

「お腹空《す》いたわ！　お弁当、食べましょ」

列車が動き出すと、まだホームが窓の外を動いている間に、浅倉綾はさっさと買っておいた弁当の包みを開けた。

「そんなに急がなくても」

と、直井は笑って言った。

「私一人でも食べるわ。やっぱり、こうやって、列車の中でお弁当食べないと、旅行って気分になれないわね」

と、割りばしをバキッと割って、「いただきます！」

直井も弁当は買ってあったが、そうすぐに食べる気にもなれなかった。

車内販売のワゴンが来ると、直井はお茶を買った。

「ビールじゃなくていいの？」

と、綾が冷やかすように言った。

「温泉に着く前に酔ってるってのはいやなんだ。飲むか?」

「私もお茶でいいわ。――それに、今夜はあんまり酔わないでね」

意味ありげに直井をにらむ。

「分ってるよ」

直井にしても、綾と二人の旅は久しぶりだ。――綾の若々しい肌の記憶が、直井の中でふくらんでいた。

「明日《あした》はゆっくり起きましょうね」

「もう明日の話かい?」

「朝食です、って起されるんじゃいやだもの」

「大丈夫。ホテルだから、朝食も食堂へ行って食べるんだ」

「それならいいけど。――明日はどこにも行かないで、のんびりするのよ」

「好きにするさ」

直井も、少し気分が乗って来たのか、弁当を開けた。

「――ねえ」

と、綾はほとんど弁当を食べ終えて、「奥さんには何て言って来たの?」

「みすずにかい?　ただ、『旅行に行く』と言っただけさ」

「どこへ行く、とか、誰と行くとか訊かないの?」

「うん。関心ないみたいだった。あいつはもともとそういう奴なのさ」

「そう」

「忘れよう。――三日間はのんびりできる」

直井は綾の肩へ手を回した。綾が素早く直井の頰《ほ》っぺたへキスして、

「ハハ、ソースがついちゃった」

と、楽しげに笑った。

直井は弁当についている紙ナプキンで頰を拭《ふ》いた。

あいつは……そういう奴なのさ。

そう。みすずは、「ああいう奴」だったのか。直井は、戸惑っていた。

「旅行に行く」

と言ったとき、みすずは、

「そうですか」

と、言っただけだった。

――直井は、母ミツ子の死の後、お通夜や告別式、そして初七日の法要など、すべてを黙々と取り仕切ったみすずに、いくらかは感謝していた。直井自身は、その手のことが苦手である。

正直、綾との旅行も、大して気の進まないものだったのだが、綾との約束だし、綾を諦《あきら》

める気にはまだなれずにいた……。

多少後ろめたい思いもあって、直井はゆうべ、みすずを自分のベッドへ誘った。――もうずいぶん長いこと、みすずには手を触れていなかった。

「おい、こっちへ来いよ」

と、直井は自分のベッドへ入ろうとするみすずへ声をかけたのである。

しかし、みすずは聞こえないふりをして、そのまま自分のベッドへ潜り込んだ。直井は少しムッとしたが、そうなると却《かえ》ってその気になる。

今度は自分がベッドを出て、みすずのベッドへ入って行った。

「おい……」

と、手を伸《の》ばすと――突然、みすずが両手で直井をぐいと押しやった。

直井はみごとにベッドから落っこちてしまったのである。

「おい！　何するんだ！」

と、つい怒鳴ると、

「あら」

と、みすずは初めて気が付いたという口調で、「犬か猫が入って来たのかと思って」

「家には犬も猫もいないじゃないか」

「でも、普通、人間なら黙って入って来ませんもの」

直井は腹を立てて、

「もういい!」

と、自分のベッドへ戻った……。

——あいつは変った。

直井は、綾と二人の旅に来て、ホッとしていた。みすずが、どこか恐ろしい気がしていたのである。

「ごちそうさま!」

と、綾は弁当を空にしてしまうと、「今度ワゴンが来たら、アイスクリーム、買って!」

ホテルの送迎バスもあったが、タクシーを使うことにして、

「紅葉が見ごろだろ。少しゆっくり走らせてくれ」

と、運転手に言った。

「少し回り道ですけど、きれいな所がありますよ。そっちを通って行きましょうか」

「ああ。そうしてくれ」

確かに、細い道だったが、人気のない谷を巡って、こういうことにあまり関心のない綾でさえ、紅葉に、

「へえ! きれいね!」

と、声を上げるほどだった。

タクシーは三十分ほどでホテルに着いた。駅にいた送迎バスが停っている。

「ありがとう。つりはいいよ」

と、五千円札を渡して、タクシーを降りる。

「いらっしゃいませ」

ホテルの人間が荷物を取りにやって来る。

「直井様でいらっしゃいますね」

「ああ」

「お待ちしておりました」

そう真新しいわけではないが、洒落《しゃれ》たモダンな建物である。綾も気に入ったようで、

「いいじゃない。温泉旅館っぽくないわ」

と、妙な感心の仕方をしている。

「ご署名だけいただけますか」

ホテルのフロントで〈宿泊カード〉に名前を記入して、〈他一名〉と付け加える。もちろん、女との関係を訊《き》くような野暮はしない。

——部屋は充分に広かった。

ツインのベッドの他に畳の部屋もあり、布団で寝ることもできる。

「ベッドでいいよ」

と、案内してくれた女性に言った。

「どうぞごゆっくり」

「ああ。——大浴場は？」

「ロビーの奥に階段がございます」

「ありがとう」

旅行鞄《りょこうかばん》を開けて、中の物を出すと、

「おい、一風呂《ひとふろ》浴びるだろ」

「ええ。浴衣《ゆかた》に着替えるわね。やっぱり温泉に来た気にならないし」

「先にロビーへ行って待ってる」

「一緒に入るわけにいかないでしょ」

「家族風呂ってのがあるはずだ。ふさがってなきゃ、入ろう」

「ええ」

直井は手早く浴衣姿になると、

「鍵《かぎ》を忘れるなよ」

と言って、先に部屋を出た。

エレベーターでロビーのフロアへ下りる。

夕方になってはいたが、夕食時間には早過ぎる。——直井は、まだ人気《ひとけ》のないロビーでソファにゆったりと身を沈めた。

そういえば……。直井は、あれほど頼り切っていた母のことを、しばしば忘れかけている自分に気付いた。

母、ミツ子を殺した犯人はまだ見付からない。一体誰がやったのだろう？

まあ、綾といるときに母のことを持ち出すと、機嫌をそこねる。ここでは口に出さないようにしよう……。

のんびりしていると、ふと眠気がさして来る。——まだ晩飯も食べてないのに……。

すると、夢の中かもしれなかったが、猫の鳴き声がしたのである。

猫？　こんなホテルのロビーに？

目を開けると、誰かが目の前に立っていた。

「あなた。着くのが遅かったのね」

——みすずが立っていたのである。

直井は、夢を見ているのかと思った。

「ホテルのバスに乗ってなかったでしょ。列車に乗り遅れたのかと思ったわ」

「みすず……。どうしてここにいるんだ」

と、やっと言葉が出た。

「私だって、温泉ぐらい来てもいいでしょ」

「そりゃあ……。しかし……」

「あなたがパソコンで予約入れたの、知ってたのよ。だから、先に来てたの」

呆然《ぼうぜん》としている直井を見て、みすずは笑うと、

「心配しないで。あなたと浅倉さんの邪魔はしないわ。ちゃんと一人で部屋も取ってるし。違うフロアよ。安心して」

と、みすずは言った。

そこへ、歌を口ずさみつつ、綾が浴衣姿でやって来た。

「ねえ、あの部屋、眺めがいいわね！」

と言って、ピタリと足を止める。

「まあ、やっぱり若い方は浴衣になると色っぽいわね」

と、みすずは言った。「私、もうザッと入って来ましたの。ごゆっくり」

みすずはスタスタと行ってしまった。

綾はやっと我に返った様子で、

「――どういうこと？」

「知らんよ。ともかく一人で来たと言ってた。気にするな」

「でも……」

「さあ、行こう。ただの客の一人だと思ってればいい」

綾は、直井に手を取られ、〈大浴場〉の矢印の方へ向った。

二人の姿が消えると、

「こういうことだったのね」

と、晴美がホームズを抱いてロビーへ入って来た。

「あの奥さんは変ったな」

と、片山が言った。「今じゃ、亭主の方が怯《おび》えてる」

「何か起ると思う?」

「さあな……。起らないでほしいよ」

と、片山は言った。

「でも、せっかく温泉に来たんですもの。私、一風呂浴びてくるわ」

と、晴美は言って、「ホームズも入る?」

ホームズはチラッと晴美の方をにらんで見せただけだった……。

面白くない。——面白くなかった。

浅倉綾は、広い大浴場の温泉に浸《つか》りながら、つい口にまで出して、

「何だっていうのよ」

と言ってしまうほどだった。

そばで入っていた女性が、ちょっと気味悪そうによけて行った。

「とんでもないことでしたね」

振り向くと、

「ああ。――片山さんの妹さんですね」

「晴美です。いいお湯ですね」

「ええ……」

と、そっけなく言って「私は一回入れば充分」

「もったいない」

「もともと都会人間ですから。銭湯にも行ったことないし」

「ああ。そうでしょうね」

綾は少ししてから、

「あの女とご一緒？」

と訊いた。

「みすずさん？　誘われたんですけど、別に一緒に来たというわけでも……」

「変な人よね。そう思うでしょ？」

「見方によりますね」

と、晴美は答えた。

「だって、自分の亭主が他の女と温泉に行くのを、止めもしないで黙ってて、自分も同じ温泉に……。何考えてるんだか」

綾は、少しして、「──直井さんの母親を殺した犯人、まだ分らないんですの？」

「ええ。捜査は行き詰ってるようですわ」

「そうね。──通り魔みたいな犯行だと、犯人を見付けるのは大変だって……」

「わざわざ呼び出しているようですから、通り魔じゃないでしょうね」

「気味が悪い」

「あなたにも脅迫めいたメッセージがあったって、兄が言ってました」

「そうなの。私が何をしたっていうの？　冗談じゃないわ」

「でも、一応浮気の相手ですから」

「犯人はやっぱりみすず？」

「でも、直井ミツ子さんのときにはアリバイが」

「分るもんですか。アリバイなんて、何とでもなるわ」

と、綾は言って、「ね、あなたのお兄さんに言っといて。今夜、あの女が私を殺さないように見張ってくれって」

みすずはロビーでのんびりと新聞を読んでいた。

人気が途絶え、ロビーは静かだった。

時折、仲居が忙しく行き来する。

みすずは新聞をたたんだ。

人の気配に振り向くと、

「——まあ」

と、目をみはった。「どうしてここに?」

「そうびっくりするなよ」

と、前田哲二が言った。「ついさっき、あんたが亭主をびっくりさせてたくせに」

「そうだけど……」

みすずは笑って、「無茶な人ね」

「お互いさまだ」

哲二は、みすずを抱き寄せてキスすると、

「俺も部屋を取ったぜ」

「当り前よ。一緒には泊れない」

みすずはちょっと周囲を見回して、「刑事さんが一緒よ。用心して」

「心配するな」

哲二はニヤリと笑って、「さて、俺も浴衣《ゆかた》に着替えるか」

「食事は？」

「どうするんだ？」

「部屋でもいいし、食堂でもいいのよ」

と、みすずは言った。「でも、主人が見たら変だと思うわ。お通夜で会ってるんだもの」

「気を付けるさ。――俺の部屋で食べないか？」

みすずは少し迷ってから、

「私の部屋にしましょ」

と言った。「あなたはどこの部屋？」

「このすぐ上だ」

と、哲二は言った。「それより、娘はどうしたんだ？」

「お友だちの家に泊めてもらってるわ。二泊させてくれることになってるの」

「そいつはいい」

「まるで前もって分ってたみたいね」

「ああ、そうさ。俺たちには、どこか通じるものがあるんだ」

ふしぎなことだが、みすずも同じことを考えていた。

でも――この人は人殺しなのだ。

そう自分に言い聞かせても、哲二から遠ざかろうとは思わない。むしろ、「傷を負った人間」同士だ、と思えるのだ。

「一度、お湯に入ってらっしゃいよ。さっぱりするわ」

と、みすずは言った。

14　夜もふけて

「飲むなと言ってたのは、そっちだろ」

と、直井は苦笑していた。

「ええ……。分ってる。自分の言ったことぐらい、憶《おぼ》えてるわよ」

と、浅倉綾は言ったが、大分舌はもつれていた。

二人は、わざわざ人目につくように食堂で夕食をとった。

「どうして奥さんはここで食べないの？」

と、綾は食堂を見回して、みすずの姿がないのを知ると、「卑怯《ひきよう》じゃないの！　逃げるなんて。敵前逃亡だ！」

「おい、周りに聞こえるぞ」

直井としては、どうせみすずも知っているのだから、隠すつもりはない。しかし、わざわざ「不倫旅行です！」と宣伝して注目されたいわけでもなかった。

「大丈夫。――聞いてるのは、そこの刑事さんたちだけ。ね？」

片山と晴美のテーブルが隣だったのである。テーブルの下には三毛猫のホームズが寝そべっていた。

「聞く気はなくても聞こえますね」

と、片山は綾に言った。

「そうよね。――分ってるわよ。刑事さんは私みたいな女は嫌いでしょ」

「好きも嫌いもありませんよ」

「好みの問題を言ってるんじゃないの。こういう不道徳な人間が、犯罪をおかすと思ってるでしょ」

「まさか」

と、片山は言った。「そんな先入観は持ってませんよ」

「でも――きっとそうなのよ」

「おい。それぐらいにしとけ」

と、直井はたしなめて、「もう部屋へ戻ろうか」

「いいの？　奥さん、来るのを待ってなくて」

「待ってるわけないだろ」

「そうね……。あの人、きっと私たちの部屋に隠しマイクかカメラを仕掛けてるわ。私、分る」

「ここはホテルだぞ。そんなことできるか」

「分るもんですか！　でも私は構わない。見たきゃ見せてやる。聞きたきゃ、うんと聞かせてやるわ……」

「さあ、行こう」

と、直井は綾を促して、「お騒がせして」

と、片山たちへ声をかけた。

直井は、

「伝票は来てないか」

「ここよ」

綾は、小さなプラスチックの筒に丸めて入れてあった伝票を抜き取ったが、落としてしまった。「あら……。いやね、もう年齢《とし》かしら」

と、かがみ込んで、伝票を拾い上げた。

「ルームナンバーでサインすればいい」

と、直井が受け取ろうとすると、

「何よこれ……」

と、綾は眉《まゆ》をひそめて、「誰かいたずら書きしてる」

「何だって？」

「ほら、伝票の裏に……」

と、丸まった伝票を広げて見ると、綾の顔がスッと引きしまった。

「──おい、どうした」

綾がじっと伝票を見つめている。

片山が素早く立って、

「どうしました？」

綾が伝票を片山の方へ差し出した。

晴美も立ち上って、一緒に覗《のぞ》く。

「まあ……」

走り書きの文字で、

〈天を恐れなさい！　裁きの時は近い！〉

とあったのだ。


「どうも分りませんね」

片山は戻って来て、「伝票はデザートまで出し終えてからテーブルまで持って来られるので、しばらくカウンターに並べてあるんです。出入りする客が書くのは簡単でしょう」

「心配いらないよ」

と、直井は綾の肩を抱いて、「ずっと一緒にいるんだ。危いことはない」

「誰も怖がってなんかいないわよ」

と、綾は言い返した。

「いいえ」

と、晴美が言った。「怖いのが当然ですわ。怖いから用心する。人はそういうものでしょ？」

「しかし、こんな温泉まで？」

と、片山は首を振った。「それに、本当に狙っているのなら、わざわざこんなことをして警戒させたりしませんよ」

「そう言ってくれるとホッとするわ」

と、綾はやっと微笑んだ。

「何かあれば、いつでも連絡して下さい」

「あってからじゃ遅いわ」

と、綾は言った。「大丈夫。この頼りになる男性がついててくれる」

直井の腕をしっかり取って、綾はかなり無理に笑った。

「浅倉さん」

と、晴美が言った。「もう一度、大浴場に行きますか？　あそこでは兄も入れません。

もし入るのなら、私がご一緒します」

「ありがとう」

と、綾は言った。「でも——どうしようかな」

「やめとけ」

と、直井が言った。「何もわざわざ危いことをしなくたって。部屋の風呂《ふろ》にのんびり入りゃいいじゃないか」

「それがいいですよ」

と、片山は言った。

すると、綾はキッとなって、

「いいえ！」

と、声を一段高くして、「私、大浴場に入りに行くわ」

「おい……」

「私が怖がってなんかいないってところを見せてやるの！　誰がビクビクしてなんかいるもんですか」

すっかりテンションが上っている。

直井が困った様子で、

「分ったから。さ、部屋に戻ろう」

と促した。

「あなた一人で戻って。私は大浴場に入る」

直井がため息をついて、

「言いだすと聞かないからな、全く!」

と、晴美の方へ、「では、この子についてやってくれますか」

「はい、ご一緒しますわ」

と、晴美は言った。「じゃ、行きます? タオルも向うにありますものね」

「ええ」

綾は肯《うなず》いて、「じゃ、ひと風呂、浴びて来るぜ」

と、直井に向って言った。

ロビーへ出ると、片山が晴美に、

「大丈夫なのか?」

と、小声で言った。

「心配しないで。他にもお客さんが入ってるわよ」

「そりゃそうだろうけど……」

「何なら、お兄さんも一緒に入る?」

「ニャー」

「からかうな」

と、片山はホームズへ言って、「俺とホームズはロビーで待ってるよ」

「じゃ、ゆっくり入って来るわ」

と、晴美は言った。

片山とホームズはロビーのソファに落ちついた。

直井もロビーをうろうろしていたが、

「──やれやれ」

と、片山のそばに腰をおろし、「女心は難しいもんですね」

「何かその後、思い出したことでもありませんか」

と、片山が訊《き》く。

「いや、さっぱり……。それより今はみすずと綾のことで手一杯です」

「それは……」

「いや、文句を言えた義理じゃない。それはよく分ってますが……。みすずは変った。そう思いませんか」

「確かに、しっかりされましたね」

「何だか……別人のようです」

「ミツ子さんが亡くなったせいでしょう」

「そう……。今思うと、母は初めからみすずを嫌ってました。私も、母の言うことを、何でもうのみにして、みすずを叱りつけてた。何だか――気が咎《とが》めるんです」

「ずいぶん気持が変ったんですね」

「笑われるかもしれませんが……。母の死体を見たとき、みすずに『どうしてお前が死ななかったんだ！』と怒鳴りました」

「憶《おぼ》えてますよ」

「あのとき、あなたの所の猫に足を引っかかれ、妹さんにひっぱたかれましたっけ」

「痛かったでしょうね。すみません」

「いいえ。――あのときは、ムッとしましたがね。でも、後になって、いつしか考えてたんです」

と、直井が言った。「俺はお袋を大事にして来て、それが正しいと思ってた。当然のことだと思ってた……。でも、はたから見ると――他人の目には、おれは普通じゃなかったのか、とね。そう思うと、みすずにずいぶん不当に当って来たのかもしれないとも……」

「そう考えられたのは、いいことですよ」

「いや……。まあ、今考えたことなのかもしれませんがね」

と、直井は笑った。

ホームズが、ふと顔を上げると、大浴場へ下りる階段の方を、首を伸《のば》して見ている。

「おい、どうかしたのか?」

ホームズは立ってスタスタと階段の方へと歩いて行った。片山も仕方なくついて行ったが……。

「どこに行くんだ?」

ホームズは階段を下りて行くと、男女の入口が分れている、ちょっとした広間に出て、そこのソファにチョコンと座った。

「ここは出た人が涼む所だぞ」

と、片山は言って、腰をおろした。

まあ、確かにここにいる方が、女湯には近いわけだが……。

「——十五分か」

と、片山は腕時計を見て呟《つぶや》いた。「ザッと入るだけなら、そろそろ出て来るころだな」

「熱いお風呂って、好き?」

と、綾が言った。

「いえ……。私はあんまり熱いのは苦手ですね」

晴美は、広い大理石の浴槽の端の方で、水が注いでいる辺りに浸《つか》っていた。

「そう。私、もともと面倒くさがりだから」

と、綾は言った。「あんまり長風呂《ながぶろ》でもないの。でも、入るときはうんと熱くする」

「そうですか」

「だから、これぐらいの方が好き」

綾は浴槽の真中辺りに入っていた。

他にも、二、三人が入っていたが、湯気が濃いので、よく見えない。

「やるなら、何でもとことんやる、ってタイプなんですね」

と、晴美が言うと、

「言われてみればそうかしら」

と、綾は笑った。「そうね。──直井とのことも同じかな」

「つまり……」

「私、そんなに直井に惚《ほ》れてるわけじゃないのよ」

「でしょうね。私だったら、お付合しません」

「そうかもね。私も初めは何となく、だった。その内、あの奥さんが全然気付いてないって分って、却《かえ》って苛々《いらいら》して来たのね。私と会ってても、直井がちっとも変ってないって、つまらないじゃない」

「それでわざわざみすずさんに会った？」

「ええ。──だけど、今は逆ね。直井が奥さんのこと、女として見直してるの」

「そうなんですか？」

「分るわよ。——それが面白くない。奥さんと張り合う気はないけど、でも……」

晴美はタオルで顔を拭《ふ》いて、

「そろそろ出ませんか？」

と言った。

誰かがすぐそばにいる、と感じた。

そのとたん、誰かの手が、晴美の頭を押えつけ、一気に湯の中へ沈めた。

晴美は必死で息を止め、押えつけてくる手から逃れようとした。

お湯を飲み込んだら溺《おぼ》れてしまう。固く口を閉ざし、浴槽の底で体をひねろうとした。

タイルの底はヌルヌルしている。これなら逃げられる！

晴美は相手の手をどかそうとするのでなく、手で底のタイルを力一杯押して、同時に体をねじった。

頭を押えていた相手がバランスを崩した。

晴美はお湯から立ち上って、大きく息をした。

湯気の中、裸の女が出口へと駆けて行ったが、視界は戻っていなかった。

鼻から少しお湯を吸い込んだのだろう、むせて咳込《せきこ》んだ。

そして——ハッと気付くと、

「綾さん！　――浅倉さん！」

と呼んだ。

片山は、ガラッと〈女湯〉の戸が開く音で、そっちを振り返った。

車輪のついた、大きな布の袋を、エプロンにマスクをした従業員の女性が押して出て来る。

使ったタオルを放り込んでおく袋だ。たまった分をクリーニングに持って行くのだろう。

ガラガラと押して行くのを、片山は何となく見送っていたが……。

突然ホームズが、

「ニャー！」

と、鋭く鳴いた。

そして、その従業員の女性を追いかけて行ったのである。

「おい、ホームズ！」

片山もパッと立ち上ると、「おい！　ちょっと待て！」

と、大声で呼び止めた。

その女がハッと振り向く。

ホームズが駆けて行って飛びついた。

女はあわてて逃げ出した。

片山は置いて行かれた布袋の中を覗《のぞ》き込んだ。使ったタオルが山になっている。急いで
そのタオルをつかんで次々に放り出すと——。

浅倉綾が裸で袋の中に押し込められていたのだ。

「晴美——」

と、振り向くと、〈女湯〉の戸がガラッと開いて、

「お兄さん！　綾さんが！」

と、晴美が出て来た。

「ここにいる！　お前、大丈夫か？」

「お湯の中に沈められるとこ。——綾さんは？」

片山は小さく体を丸めて押し込まれていた綾の体を引張り上げた。

「大丈夫だろう。呼吸してる。——おい、晴美」

「え？」

「せめてタオルくらい巻けよ」

晴美は全裸で飛び出して来ていたのだ。

「忘れてた」

晴美は〈女湯〉の方を振り返った。

「誰か出て行ったぞ」

「たぶん――もういないわね」

と、晴美は言った。「危いとこだった」

「この人にも浴衣《ゆかた》でも」

「ええ」

晴美は裸のまま、急いで〈女湯〉の中へ戻った。

脱衣所にも、中の方にも人影はなかった。

晴美は急いで服を着ると、廊下へ出た。

「薬で眠らされてるな」

と、片山は言った。「ともかく病院に運ぼう」

「犯人は一人じゃなかったわ」

と、晴美は言った。「でも良かった！」

裸の浅倉綾に浴衣を着せると、片山は両手で抱え上げた。

「石津がいてくれると助かるな」

「しっかりしてよ！」

晴美は先に階段を駆け上った。

フロントに行って、救急車を頼むと、

「直井さんは部屋ですか？」

「あ、ロビーにいらっしゃいませんか？　さっきはおられましたけど」

晴美はロビーへ入って見回した。

直井がソファで眠り込んでいる様子。

「あ、いたいた。——直井さん！」

片山が綾を抱えて、ハアハア喘《あえ》ぎながらやって来た。

「——どうなさったんですか？」

と、フロントの男が出て来る。「救急車は今、呼びました」

「ありがとう。どこか下ろす所……。そこのソファしかないか」

「長椅子の方がいいですね。そこの廊下の隅に」

「ありがとう」

片山は長椅子に綾を下ろしてホッとした。

「——腰が痛い」

と、年寄じみたグチを言っていると、

「お兄さん」

「どうした？」

「ちょっと」

晴美に手を取られて、

「おい、何だよ」

と、連れて行かれたのは、直井のところ。

「ああ、ここにいたのか。直井さん、起きて下さい。浅倉さんが大変なんですよ。直井さん！」

と、片山が言うと、晴美がそっと片山の肩をつかんだ。

「お兄さん。むだよ。――直井さん、死んでるわ」

と、晴美が言った……。

15　道をそれて

「何かしら」

と、みすずは起き上った。

「うん、少し前から様子がおかしい」

と、前田哲二はもう布団を出て、服を着ていた。

「起こしてくれればいいのに」

みすずは頭を振った。

「よく眠ってたからな。可愛い寝顔だったぜ」

と、哲二はニヤリと笑った。

「いやな人！」

と、みすずは笑って、「でも――まだ夜中よね。何があったのかしら？」

「パトカーが来てる。俺は自分の部屋へ戻るよ」

「ええ」

みすずは立ち上って、哲二に軽くキスした。

そのとき、

「直井さん！」

と、呼ぶ声がした。「みすずさん！　片山晴美です！」

みすずはハッとして、

「お風呂場《ふろば》に」

と、哲二を押しやった。

みすずは、自分の浴衣をきちんと直しながら、

「はい！　待って下さい」

と、返事をした。

髪を直して、部屋のドアを開ける。

「何があったんですの？」

「みすずさん。――事件があって」

「このホテルで？」

「浅倉さんが連れ去られそうになったんです」

「まあ」

「無事でしたけど、そちらに気を取られている間に――」

と、晴美は息をついて、「ご主人が殺されました」

「え？」

みすずは唖然《あぜん》として、「主人が……死んだんですか」

「今、地元の警察が。別々に泊ってらしたとはいえ、ご主人のことなので、みすずさんも事情を訊《き》かれると思います」

みすずは浴衣の胸を押えて、

「――分りました。着替えて、下へ行きますわ」

「その方がいいと思います」

「わざわざどうも」

みすずはドアを閉めると、「――聞こえた？」

「ああ」

哲二は浴室から出て来て、「厄介なことになったな」

「私が疑われる？」

「たぶんな。しかし、俺がアリバイを証言するってわけにゃいかねえ」

「そうね。私は大丈夫。もう行って」

「ああ。――落ちついてろよ。大丈夫だ」

「心配しないで」

みすずは哲二をもう一度しっかり抱いて唇を押し付けた。

「やっぱりね」

と、晴美は呟《つぶや》いた。

直井みすずの部屋から、男が出て来るのを、そっと見ていたのである。

みすずの部屋に入ったとき、みすず以外の誰かの「気配」を感じた。

そして、浴室のドアが、わずかに開いて、話を誰かが聞いているのに気付いたのだ。

「恋人がいたんだ」

直井ミツ子の通夜のとき、みすずが誰かと抱き合っているのを見たような気がしたのは、間違いではなかった。

「誰なんだろ？」

本当なら、男の部屋を確かめたいが、気付かれるに違いない、と思えた。

「ま、後でも調べられるわ」

きっと一人で泊っているのだろう。こういうホテルに若い男一人というのは、そう多くないはずだ。

晴美はロビーへと下りて行った。

片山が、警官と話している。

「──お兄さん」

「ああ、いたか？」

「今、みすずさん、下りて来るって」

「そうか」

大方の客は寝ているだろう。それでも、宴会の後に温泉に入ろうとする客もいて、ホテルの従業員が謝っている。

浅倉綾が誘拐されそうになったのだから、大浴場も調べなければならない。

「参ったな」

と、片山はため息をついた。「こんなことになるとは……」

「ね、お兄さん」

「何だ？」

晴美から、みすずの部屋にいた若い男のことを聞くと、

「──ここで待ち合せてたのか」

「どうかしら。でも、あの様子だと、みすずさんにご主人は殺せなかったと思うわよ」

「なるほどな。──しかし、同じホテルに泊って、別々の部屋っていうのはな……。疑われるだろう」

「私、思ったんだけど」

「何だ？」

「浅倉綾さんに、あんな脅迫めいたことしたのは、本当に殺そうとする相手から目をそらすためだったんじゃない？」

「つまり、狙いは直井だった、ってことか」

「綾さんを殺すつもりなら、わざわざあんな手間かけてさらわなくてもいいでしょ」

「それはそうだな」

――直井英一は、鋭く細いきり状のもので心臓を刺されていた。出血もあまりない。おそらく、ロビーのソファで眠っていたのだろう。直井の表情は、眠っているとしか思えないものだった。

ロビーを行き来する客は少なくないし、みんな同じ浴衣《ゆかた》姿で、その一人が直井に近付いて刺して去って行っても、まず誰も気付かないに違いない。

「直井ミツ子に息子の直井英一か……。あの二人をなぜ殺すんだ？」

と、片山は呟くように言った。

「ニャー」

と、ホームズが鳴いた。

ロビーに、直井みすずが現われたのである。

地元の警官の前で足を止めると、

「私、直井英一の家内でございます」

と、会釈した。「よろしくお願いいたします」

その落ちついた態度と、スーツ姿に着替えた様子には、義母のいじめに泣いていた女の心細さは全くなかった。

「は。ご苦労さまです」

警官の方も、つい敬礼して返していたのだった……。


「フン！」

と、酒井はわざとらしく鼻を鳴らした。「何だってんだ！」

「俺は店長だぞ！　店長なんだ。店で一番偉いんだ」

酔っていた。

夜道を歩いていた。——やけ酒は久しぶりだ。

夜風は冷たかったが、酔いは一向にさめない。足は少しもつれている。

——店のチェーンのオーナーから叱られたのだった。

「コーヒーがまずい」

という苦情が何件か来ているという。

加えて、久美子をクビにして入れた女の子が、たった一週間で辞めてしまった。

今思えば、久美子は何も言わなくてもあれこれよく働いた。代りの子は、言われないと何もしないし、言われてもやらない。

初めの内は、「若くて可愛い」というだけで許せていたが、その分、全部自分がやらなくてはならないとなって、そうは言っていられなくなった。

少し口やかましく注意したら、

「じゃ、辞めます」

と、アッサリ辞めて行った。

しかも、しっかり「バイト代」は請求して来る。

「畜生……」

久美子をクビにしなきゃ良かった……。

しかし、今さら「戻って来てくれ」なんて言えやしない。

そうだ。――一度、電話してみようか。

もちろん、

「悪いけど、戻って来てくれないか」

なんて、絶対に言えない。

だけど、あいつも一度は俺の女だったんだ。きっとまだいくらかは未練があって、

「連絡して来てくれないかしら……」

と、待っているかもしれない。

そこへ、あいつのことを心配しているように、

「仕事、見付かったのか？」

とても訊《き》いてやれば、

「やっぱり、本当は優しい人だったのね」

と、感激するかもしれない……。

酒井の自分勝手な空想はどんどん広がって、「本当にそうなるに違いない」という確信にまで達していた……。

「善は急げだ……」

酒井は、ポケットからケータイを取り出した。

ちょうど長い上り坂で、くたびれていたから、小さな公園に入って、ベンチに腰をおろすと、ケータイで久美子にかけた。

公園の向うは高い崖《がけ》で、下をJRの電車が走っている。電車が一本走り抜けて行く音がした。

しばらく呼出し音が続き、「出ないのか」と思ったとき、

「――はい」

出た！　やっぱりあいつは待ってたんだ。

「もしもし」

「何の用ですか？」

と、久美子は不機嫌そうに、「ちょうど寝ようとしてたんですけど」

「そうか。いや――どうしてるかと思ってさ」

と、酒井は言った。

「元気です」

と、久美子は言った。「それじゃ」

「おい！　ちょっと待てよ」

と、酒井はあわてて、「仕事、見付かったのか、気になってさ」

久美子は笑って、

「クビにしといて？　いい加減にしてよ」

「いや、それは……」

「ははん、分った」

「何が？」

「あの新しい子が使いものにならないんでしょ。それとも、アッという間に辞めた？」

言い当てられると思わなかったので、酒井はあわてて、

「馬鹿言え！　そんなことない」

「怪しいもんね」

「せっかく心配してやったのに、どうなっても知らねえぞ！」

「あんたに心配してもらわなくても、私は大丈夫よ」

「フン、勝手にしろ！」

と、通話を切って、「かけるんじゃなかった！」

一人で腹を立てていると、誰かがそばに立っているのに気付いた。

「——何か用か？」

と、酒井は言って、相手の顔を覗《のぞ》くようにして見ていたが、「あんた、もしかして……」

——数秒後、下の線路を電車が走り抜けた。

その音で、悲鳴はかき消された。

酒井の体は、電車が通過した後、レールの傍《そば》に、もうグチを言うこともなく、横たわっていた……。

「また？」

鳴っているケータイを手に取った久美子は、それが酒井からだと知って、腹が立った。

「もしもし」

と、突き放すように、「いい加減にして！」

と怒鳴ると、パッと切ってしまった。

二、三分すると、またケータイが鳴り出した。久美子はベッドの中で、

「この馬鹿！」

と、文句を言ったが——。

ケータイは鳴り止まない。

仕方なく取ると、

「もう！　人が寝てるっていうのに！」

と、かみつきそうな声を出した。

「——もしもし」

男の声。しかし、酒井ではないようだ。

「どなた？」

「警察の者です」

「は？」

「このケータイを持ってる人をご存知ですね？」

「ええ……。あの、何か？」

と、久美子は少し目が覚めて言った……。

タクシーを降りると、踏切の所にパトカーが停っていた。

「──失礼ですけど」

と、久美子が声をかけると、

「丘久美子さん？」

と、コートをはおった男がやって来た。

「そうです」

「夜中にすみません」

「いえ……」

「こちらへ」

「はい」

「もう電車は走っていませんから」

刑事にそう言われて、そうなんだ、と思った。もう終電も行ってしまった。

線路をまたいで歩くのは、何だかふしぎな感じだった。

線路の脇に、ビニールシートをかけたそれが横たわっていた。

「見て下さい」

と言われて、一瞬ひるんだ。

「あの——電車にひかれて?」

と、つい訊いていた。

「いや、そうじゃありません」

「そうですか……」

少しホッとした。しかし、いざシートがめくられると、血の気がひいた。

血に汚れた顔。目を開けたまま、凍りついた恐怖の表情である。

「酒井さんです、間違いなく」

と、久美子は言った。

「K署の橋口《はしぐち》です」

と、その刑事は初めて名のった。「酒井——」

「周二《しゅうじ》です。——この字で」

と、てのひらに指で書く。

「なるほど」

「この人……どうして死んだんですか?」

「突き落とされたんです」

と、橋口は指を上へ向けた。

久美子は崖を見上げた。

「この上から?」

「助けを求める声を、通りかかった人が聞いています。しかし、犯人の姿は見ていない」

「そうですか」

「最後にあなたへ電話しているんですが、そのとき、何か変った様子は?」

「いえ、特には……」

「用件は何だったんですか?」

「あの……私の仕事のことで」

「同じ店にお勤めだったんですね?」

「ええ……。でも、クビになって」

「ほう、それでもあなたのことを心配して電話して来たんですか」

「というか……。たぶん、私に戻って来ないかと言うつもりだったんでしょう」

橋口という刑事は、ポーカーフェイスの中年男だったが、

「――本当のところを伺いたいんですが」

「は?」

「あんな遅い時間に電話して来るというのは、お二人がただの同僚ではなかったからでは?」

「それは……」

久美子はためらった。

「正直に言って下さい。酒井さんとは恋人同士でしたね」

久美子はちょっと肩をすくめて、

「一時はそうでした。でも、もう別れたんです」

と言った。

「つまり、お店をクビになったのも、そのせいで？」

「たぶん……。酒井さんに訊《き》かないと分りませんけど」

「なるほど」

橋口は少し間を置いた。どこか息のつまるような間だった……。

風の冷たさに、久美子は首をすぼめて、

「あの――もう帰っていいですか？　寒くて、私」

「そうですか。ではまた明日改めて」

「――明日？」

「署へ来て下さい。詳しくお話を伺いたいので」

「でも、これ以上お話しすること、ありませんけど」

「しかし、お訊きしたいことはあるのでね」

ちょっと神経を逆なでされるような感じがして、久美子は初めて気付いた。

この刑事、私が犯人だと思ってる！

冗談じゃないわ！　酒井からの電話に出たときはアパートにいたのよ！

しかし――ケータイを持って、酒井のすぐ近くにいたとも考えられる。

私が酒井に捨てられたのを恨んで……。

とんでもない！　こっちが振ってやったのよ！

しかし、それを証明することはできない。

久美子がアパートにいたと言っても、アリバイを証明してくれる人はいない。

「お疲れさまでした」

橋口は口もとに薄笑いを浮かべて、ていねいに言った。その表情は、「もうお前は逮捕したも同じだぞ」と言っていた……。

16　目撃者

「こんなに続いてねえ……」

告別式にやって来た人の間で、こんな言葉が囁《ささや》かれていたのは、仕方のないことだったろう。

直井ミツ子に続いて直井英一。しかも、二人とも「殺された」というのだから、好奇心を刺激される人が大勢いても当然だろう。

検死が済んで、直井英一の遺体が戻って来るのに、やはり一週間かかった。

直井英一が殺されたのは温泉だが、事件としては母親の殺害とつながっているものと思われて、捜査は片山たちの手に任された。

直井みすずを疑うこともできるが、直接の証拠はない。それに、浅倉綾を浴場から連れ出そうとしたのはみすずでないことがはっきりしている。

――浅倉綾は、「殺されかけた」というショックで、入院したままだった。

かくて――告別式に、また片山たちもやって来ることになったのである。

「冷えるわ」

と、晴美が言った。

「うん……。受付も寒そうだな」

受付も斎場の建物の中だったが、それでも自動扉がガラガラと開く度に風が吹き込んで来て、直井の勤め先の若手社員たちは震え上っていた。

ニャー……。

「ホームズも寒そうね」

と、晴美は言って、「大丈夫？　カイロでも入れときゃ良かったわね。こっちはホームズのおかげで暖いけど」

ホームズは晴美のスーツの懐にスッポリと入り込んでいる。

「石津も来ると思うけどな」

と、片山が言った。

片山たちは、読経の続いている式場の中へ入って、空いた椅子に腰をおろした。

そう広い場所ではないので、みすずもすぐ片山たちに気付いて会釈した。

そして、数分たって、晴美は、

「ちょっと、ホームズをお願い」

と、片山へ渡すと、席を立って、みすずたちの方へ歩み寄った。

「愛衣ちゃん」

と、晴美は小声で、「トイレに行きたい?」

愛衣はコックリと肯《うなず》いた。何となくモジモジしているのに、晴美は気付いていたのだ。

「お姉ちゃんも行きたいと思ってたの。一緒に行こうか」

「うん」

「晴美さん、すみません」

と、みすずが言った。

「いいえ。任せて下さい」

晴美は愛衣の手を引いて、廊下へ出た。

トイレに入って、二人して、さっぱりして出て来ると、

「ちゃんとお手手洗った? ハンカチ持ってる? 濡《ぬ》れてると冷たいわよ」

「うん、持ってる」

愛衣は自分のハンカチで手を拭《ふ》いた。

「偉いね、愛衣ちゃん」

と、晴美が言うと、

「幼稚園なら誰でもできるよ。お姉ちゃん、できなかったの?」

晴美は咳払《せきばら》いして、

「ね、そこのお部屋にお菓子、置いてあったけど、何か食べようか」

「うん!」

誰もいなくなった控室へ入ると、晴美はポットに残っていたお茶を注いで飲んだ。

愛衣は大きな器に盛ってあって、ほとんど手のついていないお菓子をつまんで食べ始めた。

「おいしい?」

「うん」

と、愛衣は肯いて、「ちゃんと歯みがくから、大丈夫だよ」

母親から、「お菓子を食べ過ぎると虫歯になる」と言われているのだろう。

「——ねえ、お姉ちゃん」

「うん?」

「お姉ちゃんの旦那《だんな》さんは刑事さんなの?」

「旦那さん? ——あれはね、お姉ちゃんのお兄さんなの。旦那さんじゃないのよ」

「ふーん、そうなんだ」

と、なぜか感心した様子で、「やっぱりね」

「何が『やっぱり』なの?」

「お姉ちゃん美人だもんね。もったいないよね」

「あら、ありがとう。――あのお兄さんは、愛衣ちゃんの好きなタイプじゃないのかしら？」

「もっとイケメンでないと」

「そう」

晴美は笑いをこらえていた。

愛衣は、お菓子の包みを開いて、口へ入れると、

「――刑事さんは、悪いことした人を捕まえるんでしょ？」

「そうよ」

「あのおじいちゃん、殺した人、捕まえた？」

「ああ、あの雑貨屋さんのね。まだよ。今捜してるの」

「そう……」

「怖かったわよね、愛衣ちゃんの目の前で殺されたんだものね」

「うん。でも、愛衣、泣かなかったよ」

「あら、偉いのね」

「でも――ちょっと泣いたかな」

と、訂正して、「だけど、ちゃんと見てたよ」

「そうだったの。おじいさんが撃たれてね……」

「うん。でもね、メガネとマスクを取っちゃったんだ」

晴美は、ちょっと戸惑って、

「メガネとマスクを取った？　誰が？」

「おじいちゃんがね、倒れる前に、あの男の人の顔から取ったの」

晴美は面食らった。そんな話は聞いたことがない。

「顔から取った？　――それじゃ、おじいさんを撃った男の人の顔が見えたっていうこと？」

「うん、そうだよ」

と、愛衣は肯いた。


誰だろう……。

みすずは、焼香して手を合せてくれている女性を、少しぼんやりして眺めていた。

ずっと座って弔問客の相手をしていたので、疲れているせいもあったが、位置的にも、焼香している人の顔が分りにくかったのである。

しかし、メガネをかけたその女性が、みすずの方を向くと、みすずはびっくりした。

「まあ……」

みすずの前へやって来ると、その女性は、

「大変だったわね」

と言った。

「木田さん……。わざわざおいでいただいて……」

みすずが働いている〈Kストア〉の売場主任、木田安代だった。

「色々これから大変でしょうけど、元気を出してね」

と、木田安代は言った。

「はい。ありがとうございます」

「何か私で力になれることがあったら言ってちょうだい」

「すみません。——なかなか仕事に行けなくて」

「いいのよ。しばらくは色々雑用に追われるでしょ。あ、今週、売場がかなり入れかわるの。金曜日の夜は徹夜よ」

「まあ。じゃ、伺ってお手伝いします」

「いいのよ。無理しないで」

と、木田安代はみすずの肩を軽く叩《たた》いた。

そして、木田安代は派手にクシャミをした。

「ごめんなさい。このスーツ、夏物で薄いから」

「風邪引かないで下さい」

「夏物しか持ってなかったの、黒いスーツって。いえ、冬物のをね、久しぶりに出してみたら、お腹がきつくて入らないのよ」

「まあ」

「それじゃ。——あなたも体に気を付けてね」

「はい。本当にありがとうございました」

みすずは、木田安代を見送って頭を下げた。


「——おい、どうした？」

片山は、膝《ひざ》に乗っていたホームズが頭を上げ、ストンと床へ下りるのを見て言った。

ホームズは、みすずと何か話している、黒いスーツの女性の方を見ていた。

がっしりした体つきの、四十歳くらいかと思える女性である。

みすずが、何度も頭を下げているのを見ると、何かよほど世話になった相手なのだろうか。

その女性が出口へと向う。ホームズが、並んだ椅子の下をくぐり抜けて、その女性の方へと小走りに進んで行った。

——何かあるな。

片山は立ち上ると、急いで正面から外へ出た。

焼香が終った人は、傍の出口から出て、たいていはそのまま帰って行く。

見ていると、あの女性が出て来た。白い封筒を手にしている。

「ニャー」

と、ホームズが鳴くと、その女性はびっくりして飛び上りそうに見えた。

「ああ！　びっくりさせないでよ」

「――失礼します」

と、片山は言った。

「はあ……」

「警視庁の片山といいます。みすずさんとお知り合いで？」

「ええ。勤め先で。私が主任をやっています。木田安代といいます」

「ああ、そうですか」

片山は、ホームズの目がじっと鋭くその木田安代を見ているのに気付いていた……。

木田安代はそそくさと帰って行った。

「おい、ホームズ」

と、片山は話しかけた。「何だかあの女、見たことがあるような気がするな」

「ニャー」

と、ホームズが片山を見上げる。

「だけど、顔は全く見憶《みおぼ》えがない。——どこで見たんだろう？」

顔を見ていないのに、「見たことがある」と思うのはどういうわけなのか？

片山が考え込んでいると、バタバタと足音がして、

「お兄さん！ こんな所にいたの！」

と、晴美がやって来る。「何をサボってるの？」

「サボってなんかいない。どうしたんだ？」

「ちょっと来て。中で話しましょ」

「ああ、そうだな」

何も寒い表で話すこともない。「おい、ホームズ、行くぞ」

片山とホームズは、急に寒さに気が付いたといった様子で、斎場の中へ戻って行った。

——控室へ入ると、晴美は、

「今、愛衣ちゃんから、とんでもないことを聞いたのよ」

と言った。

「何だ？ 待ってくれ。お茶飲ませろ」

「飲みながら聞きなさいよ！」

片山は晴美の話を聞くと、飲みかけた茶碗《ちゃわん》を置いて、

「マスクとサングラスを外した？」

「殺された大塚秀治さんが、倒れる前に引きはがしたって言うのよ」

「すると……」

「愛衣ちゃんはお母さんに抱きしめられてたんで、マスクとサングラスが落ちるのは見たけど、犯人の顔は見てないんですって。でもお母さんは見たはずだって」

「みすずさんが？　しかし、そんなこと一度も……」

「ねえ。でも、愛衣ちゃんがでたらめ言ってるとも思えなくて」

「そうか。──しかし、そのマスクとサングラスはどうしたんだ？」

と、片山は言った。「犯人が拾って逃げたのか」

「それがね。愛衣ちゃんの話だと、犯人が逃げてったとき、マスクもサングラスも落ちてたって」

「しかし──そんな物があったなんて、聞いたことがないぞ」

「ねえ。おかしいと思わない？」

片山はいささか冷めたお茶をガブッと飲んで、

「マスクとサングラスがどこかへ消えるわけないしな」

と言った。「そうだ。今焼香して行った女性のことを、ホームズが気にしてるんだよ」

「誰？」

「木田安代っていったな。みすずさんの職場の上司らしい」

「事件と関係あるの？」

「分らない。——ただ、俺も何となく見たことがあるって気がするんだ」

「物忘れがひどくなったんじゃないの？」

「そういうことじゃない！」

と、片山はむきになって言った。

「ともかく、愛衣ちゃんの話、どうする？　放っとけないでしょ」

「みすずさんと話してみよう。今日は無理だろうけど……」

片山は少し考えていたが、「あのとき、向いのコーヒーショップの女の子がすぐ駆けつけたんだったな。何か憶えてないか、訊《き》いてみよう」

と、思いついて言った。

とりあえず、片山たちは告別式の席へと戻って行った。

——席に座っていると、まだ焼香する人がやって来ている。

直井ミツ子のときとは違って、直井英一は勤め人だったから当然だろう。

片山は、落ちついた様子で一人一人の客に挨拶《あいさつ》しているみすずを眺めている内、あのコーヒーショップで初めて会ったときの、ひどく怯《おび》えたみすずを思い出した。みすずは、目の前で老人が殺されたことよりも、義母の所へ行くのが遅れて夫に叱られるのを怖がっていた。

あのときとは別人のようだ……。

そうか。——あのときのみすずの気持を考えると、もし犯人の顔を見ていたとしても、そう言わなかったことが理解できる。

犯人の顔を見た、と言えば、当然もっと長時間話を聞かれることになる。それが恐ろしかったのではないか。

夫への恐怖が消えてからも、「今さら言えない」と思ったのかもしれない。

しかし、話を聞かなければ……。

片山は吹き込んで来る寒風に、ちょっと首をすぼめた。

17　記憶

ああ……。くたびれた。

「もうトシだ」

と呟《つぶや》いたのは、二十七歳の丘久美子だった。

「何言ってんの」

と、一緒に床を磨いていた中年のおばさんが笑った。「いくつよ、あんた？　私、四十八よ。『トシだ』なんて、二十年早い」

「そうですね」

久美子は苦笑して、「こっちの廊下、ワックスかけときますね」

「うん。ワックス、流し過ぎないでよ。この前は滑って転ぶ人が何人もいて、文句言われちゃったから」

「はい。すみません」

久美子は、腰を伸《の》ばして息をついた。

腰を曲げたり、かがんだりして仕事をしたことがないので、応《こた》えるのである。

ビルの清掃。——やっと見付けた仕事だ。辞めるわけにはいかない。

いつもは夜の仕事である。たまたま昼間も仕事があって助かる。

ともかく、毎日少しずつでも稼がないと食べていけない。

酒井が殺された事件では、橋口という刑事にしつこく調べられた。

結局、「今のところは」久美子が現場付近にいたという証拠も目撃者もなくて、橋口は一旦諦《いったんあきら》めたらしい。

しかし、考えてみれば恐ろしい。もし、誰かがあの崖《がけ》の近くで、

「若い女を見た」

とでも証言していたら、橋口は間違いなく久美子を連行して厳しく取り調べていただろう。

これから、そんな目撃者が出て来ないとも限らない。——食べて行くだけでも大変なのに、そんな不安につきまとわれているのは、体に応える。

久美子は廊下に慎重にワックスを流した。

「これくらいでいいか……」

と、モップを手にすると、

「ね、久美子さん」

と、おばさんに呼ばれた。

「はい」

「あんたにお客さん」

「え？　ここに？」

と、振り向くと、

「警察の人だって」

ちょうど考えていたところだったので、てっきり橋口だと思った。こんな所まで！

ムカッとして、

「何だって言うのよ！」

と、大股《おおまた》に歩き出したが——。

ちょうど流したワックスに足を踏み入れてしまった。一瞬の内にツルッと滑って、

「キャアッ！」

勢い余って、そのまま廊下を七、八メートルも滑走してしまった。やっと止ると、

「ニャー……」

何と、猫と顔を突き合せていたのである……。

「あのときの刑事さんですね」

と、久美子はお尻《しり》をさすりながら言った。

「ああ痛い……」

「何を怒っていたんです？」

と、片山が訊くと、

「私、てっきり……。逮捕に来たのかと思って」

空いた会議室で、話をしていた。ホームズも同席している。

「逮捕？」

「ええ。私、殺人犯だと思われてるんです」

「何の話ですか？」

久美子が、酒井の事件について話すと、

「あの店の店長が殺された？」

「ええ。――私、酒井と一時恋人同士だったんですけど、別れて、クビになっていたので……」

片山は事情を聞くと、

「分りました。――しかし、酒井という人はあの強盗殺人のあった日には店にいなかったんですね」

「そうです」

「すると、あの事件とは関係ないんでしょう。ただ、その偶然は気になりますが」

片山はメモを取ると、「橋口という刑事には、伝えときますよ」

「ありがとう！　一日中取り調べられて、ボーッとしてる間に自白しちゃうなんていやですものね」

と、久美子は言って、「そういえば、あの奥さん、みすずさんって、どうしてます？」

「知ってるんですか？」

久美子が、みすずと話したり食事したりしたことを説明すると、片山は、

「そうでしたか。ご主人も殺されて――」

「それはTVで見ました」

「でも、ご当人は落ちつき払って、元気です」

「良かったわ。――面白い人ですよね」

「実は例の強盗殺人の件で、伺いたいことがあって」

と、片山は言った。

「何でしょう？」

片山が愛衣の話を伝えて、

「あなたが駆けつけたとき、マスクとサングラスがあったかどうか、憶《おぼ》えていませんか？」

と訊《き》いた。

「待って下さい」

と、久美子は当惑して、「今、急に訊かれても……。もう、あの事件のことは忘れようとしてたんで」

「分ります。ゆっくり考えていただいて」

「そうですね……。あのときは、血だまりに倒れてるお爺《じい》さんの姿ばかりが目に入って」

「それは当然ですよ」

「どうだったかしら……」

久美子はしばらく考え込んでいたが、「――すみません。なかなか思い浮かばないんです」

「分ります。では――何か思い出したら、連絡してもらえますか」

「分りました」

久美子は、机の上にチョコンと乗っていたホームズの頭を撫《な》でた。ホームズがちょっと顔をそむける。

「あ、ワックスの匂いがするのね。ごめんなさい」

と、久美子は笑って言った。

「仕事の邪魔をして失礼しました」

と、片山は立ち上って、「おい、ホームズ。行くぞ」

と促した。

廊下へ出ると、

「足、滑らせないように気を付けて下さいね」

と、久美子が言った。

流したワックスが、ビニタイルの床に、小さく水たまりを作っている。

すると、ホームズがトットッと、掃除道具を積んだワゴンへ歩いて行って、ポケットに押し込んであったゴム手袋をくわえて引張り出した。

「おい、ホームズ。何してんだ」

ホームズはゴム手袋をくわえて、ワックスのたまった所へ行き、ポンとその中へゴム手袋を投げ込んだ。

「だめだろ！　すみませんね」

と、片山が拾いに行くと、

「待って！」

と、久美子が言った。

「え？」

久美子はじっとそのゴム手袋を見ていたが、

「――思い出しました」

と言った。「あのとき、血だまりの中に、マスクが……。サングラスは気が付かなかったけど、マスクは確かにありました」

「そうですか」

「私、ああ、白いマスクが血を吸って真赤になってるって思いました。——確かです」

久美子も、まるであの惨劇の場面にもう一度立ち会っているかのように、固い表情をしていた。

「もちろん手は触れませんでしたね。——しかし、僕が行ったとき、マスクもサングラスもなかった。あれば犯人の手掛りですからね」

「ええ……。でも、どこへ行ったんでしょう？」

「その後、現場へ来たのは？」

「警察の人です。他には誰も」

「そうですか……」

片山は考え込んでいたが、「——ありがとう。助かりました」

「いえ……。その猫ちゃんのおかげです」

ホームズは、久美子を見て、

「ニャア」

と、一声鳴くと、片山の方へ歩き出そうとして、ワックスで滑ってコテンと転んでしまった。

久美子がふき出した。

片山も笑って、

「――昼間の仕事に変るつもりは?」

と訊いた。

「え? ええ、もちろん。仕事さえあれば。夜の仕事で、体がきついんです」

「何か探しましょう。色々知り合いもいますから」

「ありがとうございます……」

久美子は胸が熱くなった。「あら……」

ケータイが鳴っていた。

「まあ。みすずさんからだわ。――もしもし?」

片山はホームズと顔を見合せた。

「――ええ、そういうことなら、喜んで。――はい、伺いますわ。ありがとう!」

通話を切ると、「みすずさんからです。私が仕事を探してるってメールしたので」

「何か仕事が?」

「アルバイトですけど、いいお金になるからって。勤め先のスーパーで、売場の入れかえがあるので、手伝わないかと」

「なるほど」

「今夜だそうですが、徹夜ですって。私向きだわ」

「頑張って下さい」

「ありがとう……。片山さん」

久美子と片山は何となく握手をした。

片山とホームズが帰って行くのを見送って、久美子は腰の痛みや体のだるさが、いつの間にか消えているのに気付いた……。

18 長い一夜

「ありがとうございました」

店長が、最後の客を送り出して、ホッと息をついた。

〈Kストア〉の店長は古村《こむら》という五十がらみの男で、小太りで禿《は》げ上って、やたら汗をかく。要するに、どこにでもよくいる中年男だった。

「おい、一人、入口の前に立っててくれ」

と、古村はレジの店員に声をかけた。「いつもと同じ営業時間と思って来られるお客には、ていねいに詫《わ》びてお引き取り願うんだ。『またのお越しをお待ちしております』と、必ず付け加えるんだぞ」

「はい」

〈Kストア〉は今日、〈棚卸しのため〉というので、午後七時で閉めた。

「さあ、全員、一階に集合だ！」

と、古村が大声で言った。

いくら大声を出しても、他のフロアまでは聞こえない。急いで店内放送が流れ、

「全員、一階に集合して下さい」

というアナウンスが店内に響いた。

「それと、今夜のアルバイトは？」

と、古村が訊《き》いた相手は、木田安代だった。

「裏の搬入口前に集まっています」

と、木田安代は言った。

「ここへ呼んで来い」

「はい」

安代は小走りに、搬入口へと急いだ。

「──お待たせ」

と、扉を開けて、「全員揃ってる？」

「一人多いですけど……」

と、まとめ役の女性が言った。

「いいの、分ってる。丘久美子さんね」

と、安代が言った。

「はい！　直井さんからお声を……」

「承知してるわ。じゃ、全員中へ入って！」

と、安代は促した。

久美子は、大学生を中心にした、二十人近いアルバイトに混って、〈Kストア〉の中へ入って行った。

「――久美子さん！」

みすずがエプロン姿でやって来る。

「みすずさん！　ありがとう。呼んでくれて」

「でも楽じゃないわよ。腰を痛めないようにね」

「ええ」

店員、アルバイト、どっちも女性が多く、久美子の見たところ、七割以上を占めているようだった。

「――早く集まって！」

と、安代が声を上げた。

ノソノソ歩いて来る者もいたが、ともかくほぼ全員が一階に集まると、

「時間との勝負だ」

と、古村が言った。「〈Kストア〉は、明日《あした》午前十時に開く。これは絶対に一分といえども遅らせることはできない！」

と、力がこもる。

欠伸《あくび》しかけていた男の店員が、途中で欠伸を呑《の》み込んでしまった。

「今から始めて、明日朝十時には、完璧《かんぺき》な状態で店を開ける。それが至上命令だ」

と、古村が続ける。「各売場の主任は、手順をよく確かめたか？」

あちこちで、「ハイ」という呟《つぶや》きが洩《も》れると、古村が、

「ちゃんと返事しろ！」

と、怒鳴った。

「はい！」

一斉に返事が店内に響く。

「よし。――では始め！」

「あ、ちょっと、店長」

と、安代が言った。

「木田君か。何だ？」

「アルバイトの人もいます。まず、各売場ごとに集まって打ち合せをしないと。各自バラバラでは、途中でぶつかりますよ」

「まあそうだな……」

古村は早くも汗を拭《ぬぐ》って、「少し焦っていた。では、木田君の言う通りにしてくれ」

安代は、

「はい。それじゃ各売場のリーダーは手を上げて！　バイトの子たちも、行先は分ってるわね？　じゃ、リーダーが売場の札を持ってるからそこへ集まって！」

——午後七時から翌朝十時まで、十五時間にわたる「大作戦」がスタートしたのである。


「——はい。ちょっと休憩！」

と、安代がポンと手を叩《たた》いた。

フーッと全員が息をつくと、その音が店内を満たした。

気が付けば、作業を始めて三時間たっていた。

「はい。あったかい内に食べて」

大きなワゴンに、湯気の立つ肉まんが山盛りになって出て来た。

歓声が上り、

「いただきます！」

と、ワゴンに人が集まる。

「ちょっと！　ちゃんと手を洗ってから食べて！」

という安代の言葉など耳に入っていない。

「——おいしい！」

「旨《うま》い！」

と、首にタオルをかけたまま、みんなが立って食べている。

「――一息つくわね」

と、みすずが言った。

「本当」

と、久美子は肯《うなず》いて、「何だか、学生時代の文化祭、思い出しますね。前の晩、泊り込みで準備したっけ……」

「ああ……。何だかずいぶん昔のことだったような気がする。――たまに、こういう汗をかくのもいいものね」

と、みすずは言って笑った。

「みすずさん、愛衣ちゃんは？」

と、久美子が思い付いて訊いた。

「仲のいいお友だちのお宅で泊めてくれてるの。当人も、ママに叱られないから嬉《うれ》しいみたいよ」

と、みすずは言った。「夫と義母に気がねして、びくびくしながら生きてたときは、幼稚園のお母さんたちとも、ほとんどお付合がなかったの。でも今は、よくおしゃべりもするし、お互い、行き来したりお茶したりしてるわ。中身はくだらない芸能人のゴシップだったりするけど、それがいいのね。誰も責任を負わなくていい話だから気楽なの」

「みすずさん……。本当に明るくなりましたね」

「そう？　私は、何だか昔の自分にやっと戻ったって気がするわ。夫と結婚してから、ずっと長い長いトンネルをくぐって来て、今やっと外へ出た感じ、かな」

みすずは、用意されていた紙コップにお茶を注いで飲んだ。久美子が、

「そうだわ。愛衣ちゃんっていえば……」

と言いかけたとき、猫の鳴き声がした。

たちまちアルバイトの女の子たちから、

「わあ、三毛猫！」

「可愛い！」

と、声が上って大騒ぎ。

「やあ、大変な引越しですね」

と、片山が晴美と一緒にやって来た。

「まあ、片山さん」

みすずが額の髪をかき上げて、首にかけたタオルで汗を拭《ふ》くと、「どうしたんですか、こんな所に？」

片山がチラッと久美子を見た。久美子が小さく首を横に振る。

「こんなときにすみません。ちょっとお伺いしなくてはならないことがありまして」

と、片山は言った。

「分りました。でも、こんな状態なので……。搬入口の辺りの方がきっと静かですわ。久美子さん、ちょっとお願い」

「ええ」

「まさか――私を逮捕しに来られたんじゃありませんよね」

「違いますよ」

「良かった。この売場の移動が終るまでは、見届けたいので」

と、みすずは微笑した。

「晴美、ここにいてくれ」

「ええ。ホームズがもてまくってるようだから、見物してるわ」

と、晴美は言った。

――片山は、みすずの後について、一階の搬入口の辺りへと下りて行った。

確かに、店内の移動なので、外からの荷物や商品の搬入口は閑散としている。

「片山さん、お話って？」

みすずはそばの折りたたみ椅子を二つ置いて、片山にも勧め、腰をおろした。

「実は、妹がご主人の告別式のとき、愛衣ちゃんから思いがけないことを聞いたんです」

片山が愛衣の話してくれたことを整理しながら説明した。

「愛衣から？」

みすずは少し目を伏せていたが、やがて顔を上げて、真直ぐに片山を見た。

「愛衣が……」

「みすずさん――」

「すみません」

と、みすずは頭を下げた。「愛衣の言った通りです」

「すると――」

「でも、私も怖くて……。目をそむけてしまったんです。犯人の顔は、一瞬見えただけで、どんな男だったか、と訊《き》かれても答えられません」

「そうですか」

「隠していてごめんなさい。あのときは、義母の所へ、少しでも早く行かなくちゃ、とそればかり考えてて……」

「お気持は分ります」

と、片山は肯いた。

「でも――」

と、少しして、みすずは言った。「聞いたことは憶《おぼ》えていますわ」

「——聞いたこと？」

「愛衣は、それは言わなかったんですか」

「何を聞いたんですか？」

「あの殺されたお爺《じい》さんが、死ぬ間際に苦しそうに言ったんです。喉《のど》をやられてたのに、かすれた声で……。『あいつだ』って」

「『あいつ』？」

「ええ。それから最後に、『しい、しんごの奴だ』って」

片山は息を呑《の》んだ。

「『しんご』？　そう言ったんですね」

「ええ。人の名前ですね」

「殺された大塚秀治さんの孫が、大塚信吾というんです」

「じゃあ、きっとその人のことです」

「そうですか。しかし、彼にはアリバイがあります。秀治さんはなぜ信吾だと思ったんだろう」

「その前に、強盗は引出しに三十万円入ってるはずだと言ったんです。あのお爺さんは、どうしてそれを知ってるんだ、と訊き返していました」

「そうか。——その金のことを信吾が知ってたんですね。それで、信吾が強盗を手引きしたと思った」

「それが真実でしょうか」

「おそらくね。直接手を下した犯人は別にいるでしょうが、信吾から訊き出せます」

片山は微笑んで、「よく話してくれました！」

「いえ……。申し訳ありません」

「それにしても、マスクとサングラスはどこへ行ったんだろう？」

と、片山はぼやいた。

「マスクとサングラスですか？」

と、みすずがふしぎそうに、「だって警察の人が持って行ったんじゃ？」

「いや、それがどこにもないんですよ」

「そんな……。私、見ましたけど」

みすずの言葉に、片山は、

「見たって……何をですか？」

「私、現場から向いのコーヒー屋さんに連れて行かれて、どうしようかと思ってました。駅前の交番のお巡りさんが来ていて……」

「近藤という巡査ですね」

「ああ、そんな名でしたね。――私、時間がかかるのかしら、と思って、店の中から、あの現場の方を何度か見てたんです。そのとき、あの近藤さんってお巡りさんが、マスクとサングラスを袋へ入れてるのを見ましたわ」

「──確かですか？」

「ええ。ですから、お爺さんが犯人の顔を見ていたことは、当然ご存知だと思っていました。でも、何もお訊きにならないので、私も……」

「近藤巡査がマスクとサングラスを……」

片山は考え込んでいたが、「──いや、ありがとうございました」

「いえ……。もう戻っていいでしょうか」

「もちろんです」

片山も一緒に売場の方へと戻って行く。

もう店内は戦場のような騒ぎになっていた。

「──こっちへ台車！　早くして！」

と、木田安代の声が響いている。

「威勢のいい人ですね」

と、片山は言った。

「ええ。怖いけど、とてもいい方ですわ」

と、みすずは言って、「じゃ、私、仕事に戻ります」

「ええ、どうぞ」

片山は、ホームズがすっかりアルバイトの女の子たちの「アイドル」になっているのを見て、笑ってしまった。晴美がやって来ると、

「どうだったの？」

「うん。――色々新しいことが分った」

と、片山は肯《うなず》いて言った。

「――ほら！　何をのんびりしてるの！」

と、木田安代が、台車を押していたアルバイトの男の子へ言った。

「若いくせに、ノロノロしてんじゃないのよ！　明日の夜中でも終んないわよ、そんなペースじゃ」

そして台車のバーを握ると、

「見てなさい。台車ってのはこうやって押すの！」

と言うなり、ガーッと駆けるように台車を押して行った。男の子が目を丸くして、

「すげえ！」

しかし、片山は息を呑んで、台車を押して行く、木田安代のことを見送っていた。

「いくら何でも、あの勢いじゃ、どこかにぶつかりそうね」

と、晴美は笑ったが――。「お兄さん、どうしたの？」

「いや、今思い出した」

いつの間にか、ホームズが片山の足下に来ていた。片山がホームズを見下ろして、

「お前も分ったか？」

「お兄さん、どうしたの？」

「どこであの木田安代を見たか、思い出したんだ。――浅倉綾を洗いもののタオルの袋に押し込んで押して行った女がいた」

「ええ。ホームズが鳴いて、逃げちゃった女ね。――じゃ、あの木田さんが？」

「うん。台車を押している後ろ姿で思い出した。あのときの女だ」

「でも、どうして……」

「俺の直観だけじゃ、逮捕はできないけどな」

しかし、ホームズも同意見らしい。

片山は、少し静かな隅の方へ行くと、ケータイを取り出した。


すでに真夜中になっていた。

作業は、時々トラブルで止ったり、予想以上にはかどったりした。――つまり「普通に順調に」進んでいたのである。

片山たちは、ずっとその引越作業を眺めていたが、みんな自分の仕事をこなすのに手一

杯で、誰も片山たちを気にもしなかった。

「——午前一時だわ」

木田安代は肩で息をつくと、「はい！　みんな少し休息」

ポンと手を打つと、冷たい飲物が出た。

みんな、ガヤガヤとワゴンに集まって来る。

片山は、木田安代が一人、階段へと姿を消すのを目にとめた。

どこへ行くのだろう？——もちろん、片山に気付かれているとは思っていないだろうから、逃亡するということはあるまいが……。

万が一、ということがある。片山は、一人その階段を下りて行った。

カタカタと足音がしている。

安代はどうやら一階の裏手の方へ向っているようだ。

さっき、片山がみすずの話を聞いた搬入口の方ではない。

ひんやりとした廊下を進んで行くと、足音が消えた。

——どこだ？

片山は、足を止めて、耳を澄ました。

人の動く気配はない。——ドアの一つが、少し開いている。

あそこかな？

片山はそっとそのドアに近付くと、中の様子をうかがった。

誰かいる。その気配はあった。

片山はそっとドアを開け、スルリと中へ入り込んだ。

照明は消えていて、薄暗い。

ブーンと音がして、びっくりした。――ここは機械室なのか。空調や水のポンプなどが慣れた目に見えて来た。

機械が動いただけで、人の気配ではなかったのか……。

肩をすくめて、廊下へ出ようとしたとき、片山は後頭部を殴られ、その場に気を失って倒れてしまった……。


「あら」

みすずは、エプロンのポケットで、ケータイのメール着信音が鳴るのに気付いた。

こんな夜中に？　誰かしら？

他の人たちから少し離れて、ケータイを取り出す。――前田哲二からかと思ったのである。

片山さんから？

メールは、〈秘密の話があります。一階の機械室へ来てください。他の誰にも気付かれないように〉とあった。

「何かしら……」

晴美には言った方がいいかと思ったのだが、見回しても姿が見えなかった。

「もしかすると一緒なのかしら」

と呟《つぶや》いて、みすずはその場を離れた。

——機械室というのは、場所は知っていたが入ったことがない。

ドアをそっと開けて、中を覗《のぞ》く。

「——片山さん？」

と、小声で呼んで中へ入る。

明りがついていないので、中がどうなっているのか……。

奥の方へと入って行くと——。

突然、ドアが閉り、同時に明りが点《つ》いた。

「——お疲れさま」

その声の主は、柱にもたれて立っていた。

「主任さん……」

「あなたに話があってね」

と、木田安代は言った。

「私……片山刑事さんに呼ばれて……」

「呼んだのは私」

と、安代は手にしたケータイを見せて、「刑事さんのケータイでね」

「でも、どうして……。片山さんは？」

「生きて会えるかどうか、あなた次第ね」

「――どういう意味ですか？」

安代は微笑んで、

「私、さっき、あなたと刑事さんが話しているのを聞いてたのよ」

「え……」

「あなたが、あ、あ、あのことさえ言わなかったらね……」

「あのことって？」

「マスクとサングラスのこと。――まさかあなたが見ていたなんて」

「木田さん。どういうことですか？　あの事件と木田さんと、どういう関係が――」

「あるのよ。それが」

と、安代は言った。「ある人を通してね」

「ある人って――」

と言いかけて、みすずは背後に人の気配を感じ、振り返った。

そこには制服姿の警官が立っていた。

「お巡りさん!」

一瞬、助かったと思ったみすずは、その顔を見分けた。

「あなた、あの時の……。近藤さん、ですね」

「まあね。まさかあなたに見られていたとは」

「どういうこと? 片山さんをどうしたんです?」

「そうにらまないで」

と、安代が言った。「あなたを解放してあげたのは、私たちなのよ」

「解放?」

「そう。あのひどい義母と、旦那《だんな》様からね」

「解放したっていうのは——」

「殺したのよ、もちろん」

と、安代は言った。

みすずは、耳を疑った。

「あなたが……。木田さんが?」

「そう。——あなたが打ち明けてくれたのを聞いてね。そんな亭主も、その母親も許しておけない、と思ったの。今、あなたは自由になって、幸せでしょ?」

「でも……殺すなんて……」

「ああいう人間はね、心を入れかえるなんてことは決してないの」

と、安代は厳しい口調になって言った。「私、あなたの話を聞いて、ちゃんと調べたわ。あなたの言った通りだった。愛人がいることを、隠そうともしない。ひどい男だったわ」

みすずは啞然《あぜん》として、

「分りません……。どうしてそんなことまで？」

「私も夫を殺したからよ」

と、安代は言った。

「ご主人を？」

「ひどい人だったの。少しでも気に入らないことがあると、私を殴ったり、髪の毛をつかんで引きずり回したり……。でも、どんなときでも、決してあざや傷が外の人の目に触れないようにしてた」

と、安代は首を振って、「名人芸だったわね、それは。それに、外では人当りのいい、愛想のいい男でね。私はいつも知り合いの奥さんたちから、『やさしいご主人で幸せね』って、羨《うらや》ましがられてたわ」

安代はちょっと笑みを浮かべて、

「でも、一つだけ、あの男が分ってなかったこと。それは、私が、どこかで爆発する女だってことだった。――我慢し切れなくなった私は、ある晩、夫を殴り殺した」

冷ややかな口調だった。「もちろん、刑務所へ入ってもいい、と思ってたのよ。その覚悟をしてやったことだったの」

安代は近藤の方へ目をやって、

「私は血の飛んだエプロンをつけたままで、近くの交番へ行ったわ。そして、そこにいたお巡りさんに、『今、夫を殺しました』って言ったの。そのとき、交番にいたのが近藤さんだった」

二人が微笑みを交わした。安代は続けて、「近藤さんは、私についてうちまで来たわ。そして、死体を見ると、『どうして殺したんですか？』って訊《き》いたの。私は正直に話した。――すると、近藤さんはしばらく考えてから言ったの。『強盗に殺されたんですね』って。『奥さん、たまたま出かけてて、幸運でしたね』って言ったのよ」

「僕には奥さんの気持がよく分った」

と、近藤が言った。「僕の親父も、いつも暴力を振っていたからね。特に、妹はまだ幼稚園のとき、父にいたずらされて……。妹は中学生のとき、家出して、それから行方知れずさ」

「近藤さんは、私のエプロンを持って行ったわ。家の中を荒らして、強盗に見せかけ、私によそ行きの服に着替えさせた」

「犯人はまだ捕まっていないよ」

と、近藤は言って笑った。

「――私と近藤さんはね、心が通じ合ったの。そして、私の夫のような男がいたら、二人で制裁を加えてやろう、と誓い合ったのよ」

「それで……主人を？」

「お義母《かあ》さんの話、ご主人の話、聞けば聞くほどひどいと思ったわ。近藤さんと相談して、これは何とかしなきゃ、ってことになったの」

と、安代は言って、付け加えた。「でもね。心配しないで。あなたのせいだと言ってるわけじゃないから。それに――これが私たちの初めての仕事でもなかったし」

「木田さん……」

みすずは身震いした。

「僕らは別に冷酷な殺人鬼じゃない」

と、近藤は言った。「しかし、一旦《いったん》決めたら、必ず実行する」

「そう。肝心なのは実行力と段取りなの。今日の引越しと同じね」

みすずは、殺人と引越しを「同じ」と言い切る安代を見て、愕然《がくぜん》とした。

「私も……殺すんですか」

と、みすずが訊く。

「言ったでしょ。あなた次第だって」

「それは――」

「あなたが見たことを、ずっと黙っていてくれると誓ってくれたら、殺さないわ。ね、愛衣ちゃんを一人ぼっちにしたくないでしょう?」

みすずは青ざめた。愛衣。――この人たちは、愛衣のことだって、殺すかもしれない。

「片山刑事さんはどうするんですか?」

「あの刑事には死んでもらうしかないわね」

と、安代はあっさりと言った。「まだ死んじゃいないけど」

「やめて下さい! 私が黙っていれば――」

「もうしゃべっちゃったんだから、仕方ないでしょ。今さら取り消すわけにいかないわ」

「でも……」

「どうする? 愛衣ちゃんが可愛ければ、決心するのね」

みすずは、何とか時間を稼ごうとした。

「どうして、マスクとサングラスを隠したんですか?」

「仲間を増やすためだよ」

と、近藤が言った。

「どういう意味ですか?」

「僕らは、これからも、虐げられている女たちを救うために、人を殺す」

と、近藤は言った。「しかし、僕らの周辺ばかりで人が死ねば、いずれ怪しむ人間も出て来るだろう」

「だから、私たちのために、殺人を実行してくれる人間を探してたの」

そのとき、足音がした。

みすずが見ると、人影が一つ、近付いて来る。――まさか。まさか！

前田哲二がやって来て、足を止めた。

「済んだか」

と、近藤が訊く。

「うん」

哲二は肯《うなず》いた。「信吾の奴をやって来た」

「よし」

近藤は肯いた。「――僕はこいつの指紋のついたマスクとサングラスを持ってる。あの現場で、とっさに思い付いたんだ。この証拠品で、犯人に言うことを聞かせることができる、とね」

「でも、隠してしまったことを、どう説明するの？」

「もちろん、分ってる。しかし心配いらない。――あの孫の大塚信吾が怪しいと思って探る内、この前田が浮かんだ。あの殺された老人はね、包丁で前田の腕を切りつけていた。包丁にはこいつの血が付いてるんだ。マスクやサングラスがなくても、それだけで充分さ」

近藤は微笑んで、「まず、テストとして、信吾を殺させた」

みすずは、哲二を見て、

「本当に？」

哲二はちょっと目をそらした。

「——大塚信吾は、わずか三十万の金のために、この前田に祖父の店を襲わせた。しかも、結果的には祖父を殺し、あの店の土地を手に入れた」

「それだけじゃないわ」

と、安代が言った。「恋人を妊娠させておいて、邪魔になると、階段から突き落とした。——女の子は流産したわ。信吾自身も、一つの命を奪ったのよ。ああいう男は、これからも女を泣かせるわ」

「だから、この前田に殺させた。——拳銃《けんじゅう》は？」

哲二は上着の下から拳銃を取り出した。

「待って」

と、みすずは言った。「もしかして、丘久美子さんの元の彼氏を突き落としたのも？」

「僕はずっと彼女を見守って来た」

と、近藤は言った。「正直、彼女に恋していたと言ってもいい。しかし、あの店長、酒井は彼女をもてあそんだ挙句、言うことを聞かなくなったらクビにした。——あいつも信吾や、あなたのご主人と同類だよ」

近藤は、哲二へ、

「さあ、この女を撃つんだ」

と言った。

二人の目が合った。

「分ってるのよ。お二人の関係は」

と、安代が言った。「みすずさん、この恋人のためにも、口をつぐんであげたら？」

みすずは哲二を見つめて、

「私を殺すの？」

と言った。

哲二が目を伏せる。

「辛《つら》いのは分る」

と、近藤は言った。「しかし、この奥さんは、我々の仲間になる気はないようだ。——どうです？」

みすずは深く息をついて、

「なりません」

と言った。「人を殺すのは間違ってます。虐げられた女を救う方法は他にもあるはずです」

「では残念ですが」

と、近藤は言った。「あなたは、この前田が自分を殺さないと思っているかもしれませんが、僕の経験ではね、人間は結局我が身が一番可愛いんですよ」

哲二は手にした拳銃を、みすずへ向けた。

「――撃って」

と、みすずは言った。「どうせ殺されるのなら、あなたの手で。私をいつでも殺せたのに、愛してくれたあなたの……」

哲二は拳銃を持った手を真直ぐに伸《の》ばすと、狙いをみすずの心臓へ定めた。

「よし」

と、近藤は言った。「僕はあの刑事を片づけて来ます」

近藤が機械室の奥へと入って行く。

みすずは哲二へ、

「楽に死なせてね」

と言った。「目をつぶってる方が、やりやすいわね」

みすずは目を閉じた。――さよなら、愛衣。幸せになってね。

銃声が響いた。

――みすずが目を開けると、安代が胸を押えて、床へ崩れ落ちるところだった。

「あなた……」

「お前を撃てるもんか。こいつらも、俺のことを分ってなかったんだ」

みすずはハッとして、

「あの刑事さんを助けて！」

と、叫ぶように言った。

そのとき、

「ワーッ！」

と、叫び声がして、近藤がヨロヨロとやって来た。顔を押えた指の間から血が流れていた。

「畜生！　猫が……」

と、近藤が呻《うめ》いた。

「見損なわないでよ」

晴美とホームズが現われた。「観念するのね」

近藤は、傷ついた顔で、倒れている安代を見付けると、

「やったな！」

「ああ」

と、哲二は肯いた。「我が身が可愛い人間ばかりじゃないんだぜ」

近藤はダダッと機械室から駆け出して行った。

そこへ、片山がフラつきながらやって来た。

「片山さん！　大丈夫ですか？」

と、みすずが駆け寄る。

「ええ……石頭でね」

と、片山は頭を撫《な》でて、「しかし、痛かった……」

「情ないわね、全く」

「ニャー」

と、ホームズが得意げに鳴いた。

「近藤は大丈夫。石津と、他にも刑事たちが表で待ち構えてる」

と、片山は言った。「助けに来りゃいいのに！」

「命令に忠実だったのよ」

と、晴美は言った。

哲二は片山へ拳銃を渡して、

「俺が、大塚の爺《じい》さんを殺した」

と言った。「信吾の奴に頼まれて。——信吾は生きてるよ。あんな奴でも、殺したくなかった」

「あなた……」

みすずが哲二の肩に手をかけようとすると、哲二はスッとよけて、

「こんな女、俺とは何の係りもないぜ」

と言った。「あの現場以来、会ったのは初めてだ」

「哲二さん——」

「なれなれしく呼ぶな。ゾッとするぜ」

と、哲二は肩をそびやかして、「さ、行こうか」

と、片山へ言った。

「ああ」

片山が哲二の腕を取った。

哲二は機械室を出ようとして、

「早く仕事しろよ」

と言った。「朝までに終らせるんだろ」

二人が出て行く。

みすずは閉じたドアを見ていたが、

「――あの人も分ってないわ。私のこと」

と、呟《つぶや》くように言った。

そして、大きく息をつくと、

「仕事に戻っていいでしょうか」

と、晴美へ訊《き》いた。「主任さんがいないけど、何とかやりとげなくちゃ」

「どうぞ」

と、晴美は言った。「頑張って下さい」

機械室を出て行くみすずへ、

「ニャーオ」

と、ホームズが声をかけた……。


「終りました!」

と、最後の売場の担当者が、声を弾ませて言った。

「開店まで十分!」

と、店長の古村が汗を拭《ふ》く。「店員は、全員制服に! アルバイトの諸君はご苦労さん! 賃金は帰りに経理で受け取ってくれ」

「店長も着替えて！」

と、女店員に言われて、

「あ、そうか」

古村があわてて駆け出して行くと、ドッと笑いが起った。

「さあ、みんな早く着替えてよ」

店の前には、もう気の早い客が何人か集まっている。

みすずはもう着替えもすんで、売場のそばに立っていた。

パトカーは裏手に停っているので、客は何も気付くまい。

木田安代の死体は運び出されていた。有能な主任の姿が見えないことに気付いた者も何人かいたが、何ごとも、時間との競争で必死に働くことの前には大きな問題ではなかったのである。

近藤には、他にも犯罪の証拠を握って、その弱味で殺人を手伝わせた仲間がいた。あの温泉で晴美を溺《おぼ》れさせようとした女もその一人だった。他にどれくらい「仲間」がいたか、近藤を厳しく追及することになる。

「——お疲れさまでした」

片山たちが立っていた。

「間に合いましたね」

晴美がホームズを抱っこして、「帰らないんですか?」

「お昼まで働いてから、愛衣の顔を見に帰ります」

と、みすずは言った。「片山さん。――私、あの人が犯人と知ってて、黙ってました」

「前田はあなたと口をきいたことがないと言ってますよ」

「それは嘘ですわ」

「しかし、そう言い張られるとね……」

片山は息をついて、「大塚信吾を逮捕しに行かなくちゃな」

「その後、入院してる矢吹美紀さんをお見舞に行きましょう」

と、晴美は言った。

〈Kストア〉の玄関のガラス扉越しに朝の光が入って、床にまぶしく反射している。

ガラス扉の向うに、何人も客の姿が見えた。

「――そうですね」

と、みすずが言った。「必ず朝は来るんですね。どんなに夜が長くても」

店内にチャイムが鳴って、

「開店10秒前。――5秒前。――入口を開けて下さい」

と、放送が言った。

扉が開いて、次々に客が入って来る。

「いらっしゃいませ！——いらっしゃいませ！」

古村が背広姿で頭を下げている。

みすずの売場の方へ、中年の女性客がやって来た。

「いらっしゃいませ」

みすずは笑顔で言うと、足を踏み出した……。

解説

山《やま》中《なか》由《ゆ》貴《き》（TSUTAYA中万々店）

世には自分で扉を開けたりお手をしたりする賢い猫がいるというけれど、さすがにホームズ嬢にかなう猫はいないだろう。人間のことばこそ喋《しゃべ》らないけれど、人間の行動を理解し、犯罪のトリックを推理し、しもべ（人間：片山《かたやま》刑事）をあやつる術《すべ》まで心得ているのだから。

猫探偵が活躍する赤川次郎《あかがわじろう》さんの不動の人気作「三毛猫ホームズ」シリーズの第一弾は、ご存じ『三毛猫ホームズの推理』だ。

大学教授の飼い猫だったホームズが、片山義太郎《よしたろう》刑事にくっついて学内の事件を見聞きする。教授亡きあとホームズは片山とその妹・晴美《はるみ》とともに暮らすようになり、晴れてふたりと一匹のトリオが生まれるのだ。ホームズが奇想天外なトリックを見破って、まさかの方法でそれを片山に伝えたときの驚きといったら！　しかも、そのホームズのしぐさでぴんとひらめき真相にたどりつく片山刑事も、普段のほほんとしているくせに存外頭の回転がはやい。

『三毛猫ホームズの推理』が誕生したのは一九七八年だというから、わたしよりも年上だ。なぜこんなにも長く愛されているのか。それはやはり、猫が人に指図するさまを、人間自身が小気味よいと感じてしまうからではないだろうか。

わたしも猫にかしずく人間のひとりで、うちには三匹の猫がいる。かまってほしいときだけご機嫌に寄ってきて、撫《な》でることを許す、食事の提供を急《せ》かす、人間が猫のもたれかかるクッションになることはもう決まっている、みたいな態度だ。それを「おおなんと気高い」とよろこんで言いなりになる、それが猫のしもべたる人間共通の精神だ。

ましてや人間の犯罪を暴くホームズともなれば、「おお、おおなんと聡明《そうめい》な」と敬わずにはいられない。

そしてむろん、物語のなかの人間関係の妙も魅力のひとつである。愛憎の機微をさらりと描く著者ならではの風のようなタッチは、ふと本を手にとるときの決断にも軽さを与えてくれる。ああ、久々に読んでみようかな、とか、片山刑事や妹の晴美は元気にしてるかな、くらいの気持ちで新たな作品を迎えることができるのだ。

はじめて読んでみるという人にだってきっと、安心感があるのではないだろうか。こんなふうに誰もが旧友に会うみたいな気持ちで読むことができるなんて、なによりも得がたい作品だと思う。

シリーズ第四十七弾となる本作『三毛猫ホームズは階段を上る』は、主婦が強盗の現場に居合わせるところからはじまる。

五歳の娘、愛衣《あい》をつれて雑貨店に立ち寄った直井《なおい》みすずは、男が店主の老人を拳銃《けんじゅう》で撃って殺すところを目撃してしまう。男はあわてて立ち去り、駆けつけた向かいのコーヒーショップの女性店員によって通報がなされた。近くにいた警官、近藤《こんどう》も騒ぎを聞きつけすぐにやってきて、それ以上の被害もなくその場は無事おさまった。しかしコーヒーショップで事情聴取を待つみすずは、本来ならなによりも子どもと自分の命が助かったことに安《あん》堵《ど》しそうなものだが、そんなことよりももっと気にかかる用件で頭がいっぱいなのだった。はやく義母のもとに行かなければならない。

事情聴取にやってきた片山刑事はみすずの焦りを感じとって、彼女の義母の家まで母子を送り届けるが――。

この場面の片山がとても好きだ。そう思いませんか。きっとほんとうならどんな事情があっても聴取が優先されるだろう。片山は誰に対してもフラットでやさしく、さりげない言動に温かみがあって素敵なのだ。

みすずの夫の母親、直井ミツ子《こ》は、刑事とともにやってきた彼女に異様な剣幕で当たり散らす。みすずの夫も姑《しゅうとめ》も、嫁である彼女をこき使っている。義母の家の掃除や洗濯、食事の支度など、ひとりで家事をこなさなければならない。みすずは強迫観念に駆られ、ただそればかりで頭がいっぱいだ。片山が帰ったあとの彼女の心境は、どんなだったろう。

しっかり目に焼きついた犯人の顔。

言わなければならないことを言わないまま、みすずはしばし立ち尽くす。

そしてそれが、この物語を動かすいちばん大きな歯車になる。

事件を通してみすずの心がどう動いていくのか、さらりと書かれる文章からすべては読み解けない。しかし、そのミステリアスさが読者を引きずり込んでいく。

みすずが変わったのは、職場の主任との会話がきっかけだった。夫の不貞を知って泣いている彼女に声をかけたのは木田安代《きだやすよ》という上司で、みすずの身の上を聞いて「普通じゃないわよ」ときっぱり断言してくれる。それでやっとみすずは、自分がかわいそうだと思えるのだ。

読み終えたあと、安代の励ましのことばが鍵《かぎ》となるこのシーンはいっそう印象に残る。

しかしふと気がゆるんだのもつかの間、みすずのまわりで新たな凶事が起こるのだ。

はかなげで幸薄い印象だったみすずがどんどん強くしなやかになっていくのは、小気味よくもあり、不穏でもある。どこかうっすらと怖ささえ感じながら、その魔性に惹《ひ》きつけられていく。

これは、今まで抑えつけられ我慢しつづけてきた女性が自分をとり戻し、大きくさま変わりしていくおはなしなのだ。

みすずだけではない。

この物語にはさまざまな〝強さ〟を持った女性が多く登場する。

コーヒーショップの店員でみすずを介抱した丘久美子《おかくみこ》は、店長の酒井《さかい》との「特別な仲」を終わらせて潑剌《はつらつ》と歩み出す姿が頼もしい。みすずの夫・直井英一《えいいち》の恋人、浅倉綾《あさくらあや》も、みすずの職場に乗り込んで宣戦布告してくるつわものだ。婚約者の男があてにならないとわかっていながら妊娠を告げる矢吹美紀《やぶきみき》だって肝が据わっている。先述の木田安代もそうだし、物語後半で思わぬ活躍を見せる晴美もまた、長年のファンはすでにご存じだろうがたくましい。

彼女たちはそれぞれにチャーミングで親しみ深い存在だ。

男性に依存しない、なにかに束縛されない、自分を信じて自分らしくふるまう。

おなじ女性として、わたしはそれがどんなにむずかしく、素晴らしいことか知っている。

冒頭の事件自体はすぐに読者に内情が明かされる。しかし、片山たちにはそうではない。

強盗事件の犯人、前田《まえだ》哲二《てつじ》は自分の顔を目撃したみすずを探し当て、彼女に接近していく。もしもみすずが片山にすぐに犯人について証言していたら、この展開はまったく違ったものになっただろう。これほど殺人が連鎖することはなかったかもしれない。前田哲二とみすずが出会い、殺人犯と目撃者としてではない関係になっていくこともなかったはずだ。

なぜみすずの周囲で、そして強盗殺人事件の遠い関係者のあいだで、こんなにも人が死んでいくのか。両者に共通するつながりはあるのか。

わたしは早々に考えることを放棄した。というより、じっくり考える間もなくストーリーが急変していく。その力技でぐんぐん読まされていく。

まさか主要人物として数にいれてもいなかった○○が再び登場するとは——。

これから本作を愉《たの》しむ方には、ぜひわたしよりも注意深く読んでほしいと思う。

さて、猫派のわたしはホームズについても最後に書いておきたい。

謎めいた展開のなかで猫であるホームズが果たす役割は、推理ばかりではない。

ホームズが片山や晴美のお供をするのが、ストーリー上も、読者にとっても、あたりまえすぎるほどあたりまえになっているのは承知のうえで、あえて言わせてもらおう。

殺害された人間の通夜にまでひょっこり登場するなんていかがなものか、と。

思わず吹き出してしまったじゃないか。

シリアスな場面にホームズがやってくるとそれだけで気持ちの半分がずっこけるのは、もちろん赤川次郎さんの狙いなのだろう。わかっていてもつっこみたくなるその可笑《おか》しみは、まさに著者のおおらかさ所以《ゆえん》だと思う。お会いしたことなどないけれど、かしこまるのが苦手な、サービス精神旺盛《おうせい》な、にこにこしながら読者を眺めているような、そんな人なんじゃないか、と勝手に想像してしまう。きっとあなたもそうだよね？

本書は二〇一四年二月に光文社文庫から刊行されました。